GRUA

A ARTE DA NOVELA

A BRIGA DOS DOIS IVANS

A BRIGA DOS DOIS IVANS

NIKOLAI GÓGOL

TRADUÇÃO DE GRAZIELA SCHNEIDER

GRUA LIVROS

SEGUNDA EDIÇÃO

COPYRIGHT THE ART OF THE NOVELLA © 2014 MELVILLE HOUSE PUBLISHING

COPYRIGHT SÉRIE A ARTE DA NOVELA © 2014 GRUA LIVROS

Essa tradução foi publicada após acordo firmado com a Melville House Publishing, EUA. A série *The Art of The Novella* e sua identificação visual são propriedades da Melville House Publishing, USA.

PRIMEIRA PUBLICAÇÃO: 1835 NA COLETÂNEA *MÍRGOROD*
TRADUZIDO DIRETAMENTE DO RUSSO

DESIGN DA SÉRIE
DAVID KONOPKA

PREPARAÇÃO
ELISANDRA DE SOUZA PEDRO

WWW.GRUALIVROS.COM.BR
GRUA@GRUALIVROS.COM.BR

RUA CLÁUDIO SOARES, 72 CJ 1605
PINHEIROS
SÃO PAULO – SP
05422-030

TEL: (011) 4314-1500

CIP-BRASIL. CATALOGAÇÃO NA PUBLICAÇÃO
SINDICATO NACIONAL DOS EDITORES DE LIVROS, RJ
G549b
    Gógol, Nikolai, 1809-1852
A briga dos dois Ivans / tradução Graziela Schneider.
2. ed. - São Paulo : Grua Livros, 2014.
  96 p. : il. ; 18 cm.
  Tradução de: ПОВЕСТЬ О ТОМ, КАК ПОССОРИЛСЯ ИВАН ИВАНОВИЧ С ИВАНОМ НИКИФОРОВИЧЕМ
  ISBN 978-85-61578-35-0

1. Novela russa. I. Schneider, Graziela.

14-10900   CDD: 891.73
              CDU: 821.161.1-3

CONTO SOBRE A BRIGA DE
IVAN IVÁNOVITCH E IVAN NIKÍFOROVITCH

I

Ivan Ivánovitch e Ivan Nikíforovitch

Mas que beleza de sobretudo tem Ivan Ivánovitch! Magnífico! E que astracã! Minha nossa, quem diria, que astracã era aquele! Cinza azulado, com nuances prateadas! Apostarei sabe lá Deus o quê, se mais alguém tiver um desses! Pelo amor de Deus, dê uma olhadinha — especialmente se ele começa a falar com alguém — olhe de soslaio: que deleite! É impossível descrever: veludo! prata! fogo! Meu pai do céu! Nikolai Tchudotvórets,[1] santo de Deus! Por que é que eu não tenho um sobretudo desses! Ele o mandou fazer antes de Agáfia Fiedossiêievna ir para Kíev. Os senhores conhecem Agáfia Fiedossiêievna? é aquela, que arrancou a orelha de um assessor com os dentes.

---

1 Em russo, Milagreiro. Também conhecido como São Nicolau de Mira ou de Bari. (N. da T.)

Uma excelente pessoa, esse Ivan Ivánovitch! E que casa tem em Mírgorod! Em torno dela, de todos os lados, há uma varanda com pilastras de carvalho, e, na varanda, por toda parte, bancos. Quando está quente demais, Ivan Ivánovitch tira o sobretudo e boa parte da roupa, fica só de camisa, descansando na varanda, olhando o que acontece no pátio e na rua. E que maçãs e peras ele tem, bem debaixo das janelas! Basta abrir uma delas — e os galhos invadem a sala. Tudo isso na frente da casa; ah, imagina se os senhores pudessem ver o que ele tem no jardim! Tem de tudo ali! Ameixas, cerejas, cerejas silvestres, tudo quanto é tipo de hortaliça, girassóis, pepinos, melões, vagens, e até mesmo uma eira e uma fundição.

Uma excelente pessoa, esse Ivan Ivánovitch! Ele gosta muito de melões. É a sua comida favorita. Assim que acaba de almoçar e vai para a varanda, só de camisa, logo ordena que Gápka traga dois melões. E ele mesmo já corta, recolhe as sementes em um papel especial e começa a comer. Depois, manda Gápka trazer o tinteiro e ele mesmo, de próprio punho, faz uma inscrição no papel cheio de sementes: "Esse melão foi comido em tal data". Se algum convidado estivesse presente, então escreveria: "também participou fulano de tal."

O falecido juiz de Mírgorod sempre ficava admirado quando olhava para a casa de Ivan Ivánovitch. É, não estava nada mal aquela casinha. Agrada-me que, ao seu redor, de todos os lados, tinham sido construídos vestíbulos maiores e menores, assim, quando se olha para ela de relance, à distância, veem-se apenas os telhados, intercalados, um sobre o outro, muito semelhante a um prato cheio de panquecas, ou, ainda melhor, a fungos que crescem em uma árvore. Além disso, os telhados são todos cobertos de caniços; salgueiros, carvalhos e duas macieiras acotovelaram sobre eles seus ramos esparramados. Em meio às árvores, pequenas janelas com persianas brancas talhadas cintilam, lançando-se em direção à rua.

Excelente pessoa, esse Ivan Ivánovitch! Até o comissário de Poltava o conhece! Quando Dôroch Tarássovitch Pukhívotchka vem de Khorol, sempre vai vê-lo. Quando um grupo de uns cinco convidados se reúne na casa do arcipreste Piotr, que vive em Koliberdá, ele sempre diz que não conhece ninguém que cumpra o dever cristão e saiba viver como Ivan Ivánovitch.

Deus, como voa o tempo! Já havia passado mais de dez anos, desde que ele se tornara viúvo. Não tinha filhos. Já Gápka tem filhos, que ficam correndo pelo pátio. Ivan Ivánovitch sempre dá, a cada um deles, rosquinhas, pedaços de melão, ou peras. Gápka fica com as chaves dos armazéns e porões; mas Ivan Ivánovitch mantém as chaves de um grande baú, que fica em seu quarto, e do armazém central, e não gosta de deixar ninguém entrar lá. Gápka, uma moça saudável, com maçãs e panturrilhas viçosas, usava um avental típico ucraniano.

E que pessoa mais devota, esse Ivan Ivánovitch! Todos os domingos ele coloca o sobretudo e vai para a igreja. Quando entra, Ivan Ivánovitch faz reverências para todos os lados e geralmente fica no coro, com sua ótima voz de contrabaixo. E quando a missa termina, Ivan Ivánovitch não se segura e passa para falar com todos os pedintes. Ele, talvez, nem quisesse se ocupar daquele tédio todo, se não fosse uma bondade natural que o impelisse.

— Olá, infeliz! — costumava dizer ele, localizando a mulher mais desalentada, com um vestido esfarrapado, feito de remendos. — De onde você é, minha pobre senhora?

— Eu vim da roça patrão: já é o terceiro dia que estou sem beber e sem comer, meus próprios filhos me tocaram de lá.

— Coitadinha, e por que você veio aqui?

— Bom, patrão, vim pedir esmola, ver se alguém dá nem que seja um pouco de pão.

— Hum! Então você quer pão? — costumava perguntar Ivan.

— Como poderia não querer! Estou morrendo de fome, eu comeria um boi.

— Hum! — costumava responder Ivan Ivánovitch. — Bom, quer dizer que você também quer carne?

— Sim, tudo o que permitir a sua misericórdia, eu me contentarei com qualquer coisa.

— Hum! Então carne é melhor do que pão?

— Como uma pessoa faminta vai escolher? Qualquer ajuda que o senhor der será ótima.

E então a velha costumava estender a mão.

— Bom, vá com Deus — dizia Ivan Ivánovitch. — Por que você está aí parada? Veja bem, não estou expulsando você! — E, virando para outra e mais outra com as mesmas indagações, finalmente voltava para casa ou passava na casa de seu vizinho, Ivan Nikíforovitch, ou na do juiz, ou na do chefe de polícia, para beber um copinho de vodka.

Ivan Ivánovitch adora se alguém dá presentes ou lembranças para ele. Gosta muito mesmo.

Ivan Nikíforovitch também é uma ótima pessoa. Seu pátio fica ao lado do pátio de Ivan Ivánovitch. Eles eram amigos tão próximos, algo nunca dantes visto. Anton Prokófievitch Pupopuz,[2] que até hoje ainda anda com uma sobrecasaca marrom com mangas azul celeste e aos domingos almoça na casa do juiz, costumava dizer que Ivan Ivánovitch e Ivan Nikíforovitch eram unha e carne, parecia coisa do diabo. Aonde um ia o outro se arrastava atrás.

Ivan Nikíforovitch nunca tinha sido casado. Embora dissessem que tinha casado, isso era uma verdadeira mentira. Conheço Ivan Nikíforovitch muito bem e posso dizer que ele não tinha sequer a intenção de se casar. De onde vem toda essa fofoca? Assim, da mesma forma, espalhavam que Ivan Nikíforovitch tinha nascido com uma cauda. Mas essa invenção é tão absurda e, ao

---

2 Em russo, Пуп (pup), "umbigo", e пузо (púzo), "pança", ambas palavras coloquiais, populares. (N. da T.)

mesmo tempo, infame e indecente, que eu nem considero necessário desmentir, perante os leitores esclarecidos, que, sem dúvida alguma, sabem que apenas algumas bruxas, e muito poucas, têm cauda, e que, além disso, há mais bruxas do sexo feminino do que do masculino.

Apesar da grande afeição, essa rara amizade não os fazia mais semelhantes um ao outro. A melhor maneira de conhecer sua personalidade era por meio de comparação: Ivan Ivánovitch tem um dom extraordinário de falar extremamente bem. Meu Deus, como ele fala! Essa sensação só pode ser comparada a quando se está coçando a cabeça ou o tornozelo, devagarinho. Você fica ouvindo, ouvindo, cabisbaixo. Agradável! muito agradável! Como dormir depois de um banho. Ivan Nikíforovitch, o contrário; é mais calado, mas, se dispara qualquer palavra, tome cuidado: é mais afiado do que uma navalha.

Ivan Ivánovitch é magro e alto, Ivan Nikíforovitch é um pouco mais baixo, e por isso se espalha na corpulência. A cabeça de Ivan Ivánovitch parece um rabanete com a ponta para baixo; a cabeça de Ivan Nikíforovitch um rabanete com a ponta para cima. Ivan Ivánovitch deita-se apenas de camisa na varanda somente após o almoço; à noite, ele coloca o sobretudo e vai para algum lugar — ou à loja da cidade, onde compra farinha, ou ao campo, para caçar codornas. Ivan Nikíforovitch fica o dia todo deitado no alpendre — se não for um dia muito quente, então costuma expor as costas para o sol — e não quer ir para lugar algum. Se, de manhã, cisma com algo, então passaria pelo pátio, percorreria a propriedade e voltaria para o sossego. Antigamente, costumava ir à casa de Ivan Ivánovitch. Ivan Ivánovitch é uma pessoa extremamente refinada e, em uma conversa respeitável, nunca diria uma palavra indecorosa e imediatamente se ofenderia caso ouvisse uma. Ivan Nikíforovitch às vezes não se controla; então Ivan Ivánovitch costuma se levantar do seu lugar e dizer: "Já chega, Ivan Nikíforovitch, já chega; melhor ir logo para o sol do que dizer essas palavras ímpias".

Ivan Ivánovitch fica muito irritado se uma mosca cai na sua borscht: isso o tira do sério — joga o prato, recrimina o anfitrião. Ivan Nikíforovitch realmente gosta de se banhar e, quando a água chega até o pescoço, pede para colocarem uma mesa e o samovar na água, pois ele gosta muito de, nesse frescor, beber chá. Ivan Ivánovitch faz a barba duas vezes por semana; Ivan Nikíforovitch uma vez. Ivan Ivánovitch é extremamente curioso. Deus me livre, se alguém começar a lhe dizer algo, mas não terminar! Se algo desagradável acontece, ele deixa claro imediatamente. É extremamente difícil saber se Ivan Nikíforovitch está contente ou irritado por seu semblante; se ficar muito feliz com alguma coisa, não vai transparecer. Ivan Ivánovitch tem um caráter um pouco desconfiado. Ivan Nikíforovitch, pelo contrário, usa calças largas, com os tornozelos estreitos e pregas tão amplas que, se as inflarmos, dá para colocar o pátio todo nelas, com silos e galpões.

Ivan Ivánovitch tem olhos grandes, expressivos, cor de tabaco, e a boca um pouco parecida à letra V;[3] Ivan Nikíforovitch tem olhos pequenos, amarelados, que desaparecem completamente entre as sobrancelhas espessas, as bochechas rechonchudas e o nariz com o aspecto de uma ameixa madura. Se Ivan Ivánovitch oferece o seu rapé, sempre passa a língua na tampa da tabaqueira, depois tamborila com seus dedos e, aproximando-a, diz, se você for seu conhecido, "Poderia fazer, meu senhor, o obséquio?"; e, se não é conhecido, então: "Poderia fazer, meu senhor, não tendo a honra de saber sua posição, nome e sobrenome, o obséquio?" Já Ivan Nikíforovitch lhe dá sua tabaqueira em forma de chifre direto nas mãos e adiciona apenas "Faça o favor". Assim como Ivan Ivánovitch, Ivan Nikíforovitch também não gosta muito de pulgas; e, por isso, nem Ivan Ivánovitch nem Ivan Nikíforovitch deixam passar um judeuzinho com suas mercadorias sem comprar vários frascos de seu elixir contra esses insetos, não sem antes repreendê-lo, como se deve, por professar a fé judaica.

No entanto, apesar de algumas disparidades, Ivan Ivánovitch e Ivan Nikíforovitch são pessoas excelentes.

---

3 Em russo, trata-se da letra "Ѵжица" (Íjitsa), cujo símbolo gráfico é: V, v, última letra do alfabeto russo anterior à reforma de 1918. (N. da T.)

II

a partir do qual é possível saber o que Ivan Ivánovitch queria, sobre o quê foi a conversa entre Ivan Ivánovitch e Ivan Nikíforovitch e como ela acabou

Uma manhã, isso foi no mês de julho, Ivan Ivánovitch estava na varanda. O dia estava quente, o ar seco vinha às lufadas. Ivan Ivánovitch já tinha ido até a cidade, falado com os ceifadores, percorrido o campo e perguntado a mujiques e camponesas que encontrava, de onde, para onde e por quê; estava terrivelmente morto de cansaço e tinha deitado para descansar. Deitado, ele ficou um tempão passeando os olhos pelos armazéns, pátio, depósitos, galinhas correndo pelo pátio, e pensando consigo mesmo: "Meu pai do céu, que proprietário sou eu! O que eu não tenho? Aves, galpões, silos, tudo quanto é tipo de pompa, vodca destilada, infundida; no jardim, pereiras, ameixeiras; na horta, papoulas, repolho, ervilhas... O que falta eu ter? Eu gostaria de saber, o que ainda não tenho?".

Depois de se fazer essa pergunta profunda, Ivan Ivánovitch começou a refletir; enquanto isso, seus olhos encontraram novos objetos, atravessaram a cerca do pátio de Ivan Nikíforovitch e se distraíram involuntariamente com um curioso espetáculo. Uma mulher magricela trouxe roupas mofadas para fora, uma atrás da outra, e as pendurou em uma corda estendida para arejar. Logo, o velho uniforme de punhos desgastados estendeu as mangas no ar e abraçou o cardigã de brocado, e atrás dele assomou-se a gola puída, nobre, com botões de armas; calças brancas de casimira, com manchas, que em algum momento se esticaram nas pernas de Ivan Nikíforovitch e que agora talvez só fosse possível estender em seus dedos. Atrás dela foi pendurada outra, na forma da letra L. Depois, um casaco cossaco azul marinho, que o próprio Ivan Nikíforovitch fizera uns vinte anos antes, quando ele estava se preparando para entrar para a polícia e já tinha deixado o bigode crescer. Finalmente, uma a uma, expôs-se uma espada, que tinha formado uma lança apontada para cima no ar. Depois, a parte de baixo de um casaco, parecido com um caftan, verde grama, com botões de cobre do tamanho de uma moeda de cinco centavos de copeque, girou. Atrás dele apareceu um colete, rodeado de pompons dourados, com uma abertura grande na frente. O colete cobriu a velha anágua da falecida avó, com bolsos nos quais era possível colocar melancias.

Aquilo tudo, misturado, compunha um espetáculo muito interessante para Ivan Ivánovitch, enquanto raios de sol, alcançando partes de uma manga azul marinho ou verde, um punho vermelho ou parte do brocado dourado, ou brincando com a ponta da espada, pareciam-lhe algo extraordinário, como aquela representação do presépio, que um bando de errantes leva para o campo. Sobretudo na parte em que uma multidão de pessoas, aglomerando-se, apertadas, olha para o rei Herodes, de coroa dourada, ou para Antonio, que conduz sua cabra; atrás do presépio, um violino chora; um cigano tilinta com as mãos sobre a boca, fazendo as vezes de um tambor, enquanto o sol se põe e a brisa fresca da noite do sul, imperceptível, preme com mais força os ombros e peitos vigorosos de uma mulher da roça corpulenta.

Momentos depois a velha saiu da despensa, gemendo e arrastando atrás de si uma sela antiga, com estribos quebrados, estojos de couro puído para pistolas, um xairel que algum dia já tinha sido vermelho-escarlate, com bordados dourados e placas de cobre.

"Que mulher tola", pensou Ivan Ivánovitch, "ela ainda vai arrastar o próprio Ivan Nikíforovitch para fora para arejar!"

E, de fato, Ivan Ivánovitch não estava completamente equivocado em sua conjetura. Uns cinco minutos mais tarde se ergueram as calças largas de nanquim de Ivan Nikíforovitch e ocuparam quase metade do pátio. Depois disso, ela ainda trouxe um chapéu e uma arma.

"O que isso significa?", pensou Ivan Ivánovitch, "nunca tinha visto Ivan Nikíforovitch com uma arma. O que há com ele? Se atira ou não, tem uma arma! E para que ele precisa dela? Mas que belezinha! Faz tempo que eu queria arranjar uma dessas para mim. Eu gostaria muito de possuí-la; gosto de me divertir com uma."

— Ei, mulher, mulher! — gritou Ivan Ivánovitch, mexendo o dedo.

A velha se aproximou da cerca.

— O que é isso que você tem aí, minha senhora?

— O que o senhor mesmo está vendo, uma arma.

— Que tipo de arma?

— E quem vai saber que tipo de arma! Se ela fosse minha, então pode até ser que eu soubesse do que ela é feita. Mas ela é do patrão.

Ivan Ivánovitch se levantou e começou a examinar a arma, de todos os lados, e se esqueceu de recriminar a velha por tê-la pendurado junto com a espada para arejar.

— É de se pensar que ela é ferro — continuou a velha.

— Hum! de ferro. Por que será que ela é de ferro? — disse Ivan Ivánovitch para si mesmo. — E faz tempo que o patrão a tem?

— Pode bem ser que faça bastante tempo.

— Ela está ótima — continuou Ivan Ivánovitch. — Vou pedir para ele. Afinal, o que é que ele vai fazer com ela? Ou trocarei por algo. E aí, minha senhora, o patrão está em casa?

— Está.

— O que está fazendo? Deitado?

— Isso.

— Bom, está bem; vou ter com ele.

Ivan Ivánovitch colocou o casaco, pegou um pedaço de pau cheio de galhos cortados por conta dos cães, porque em Mírgorod há muito mais cães do que pessoas na rua, e partiu.

Embora o pátio de Ivan Nikíforovitch fosse ao lado do pátio de Ivan Ivánovitch e fosse possível passar de um para o outro pela cerca de vime, Ivan Ivánovitch recorreu à rua. Pela rua era necessário passar por uma ruela tão estreita que, se acontecia de duas carruagens de um cavalo se encontrar, eles não poderiam mais sair e permaneceriam nessa posição até que as rodas traseiras se prendessem e puxassem cada um na direção oposta. Para deixar o caminho livre, os pedestres esbarravam em flores e arbustos que cresciam em ambos os lados e que grudavam em suas roupas. Nessa ruela, de um lado havia um depósito de Ivan Ivánovitch, do outro, um silo, o portão e o pombal de Ivan Nikíforovitch.

Ivan Ivánovitch se aproximou do portão, soou a tranca: de dentro, respondeu o latido de cães; mas, percebendo que se tratava de um rosto familiar, logo a matilha de pelagens diferentes se afastou, agitando sua cauda. Ivan Ivánovitch atravessou o pátio e surgiram pombos indianos variados que Ivan Nikíforovitch alimentava de sua própria mão, cascas de melancias e melões, pedaços de hortaliças, pedaços de uma roda quebrada, o aro de um barril, um moleque à toa com uma camisa emporcalhada — um quadro que pintores admiram! A sombra das roupas estendidas cobria quase todo o pátio e lhe conferia um quê de frescor. A mulher o encontrou e o cumprimentou, bocejando, sem sair do lugar. A frente da casa era adornada por um alpendre, com uma varanda e duas pilastras de carvalho

— uma bem-vinda proteção contra o sol, que, naquela época, em Maloróssia, não estava para brincadeira e banhava o pedestre de suor quente, da cabeça aos pés. Daí era possível ver o quão forte era o desejo de Ivan Ivánovitch obter o objeto necessário, quando decidiu sair a uma hora daquela, traindo até seu hábito de sempre passear somente à noite.

A sala em que Ivan Ivánovitch entrou estava na mais completa escuridão, porque as persianas estavam fechadas, e um raio de sol, passando através de um buraco feito na persiana, assumiu uma cor iridescente, atingindo a parede oposta, pintou nela a paisagem variada dos telhados de junco, árvores e roupas penduradas no pátio, só que na forma inversa. Por causa disso, uma maravilhosa meia-luz foi conferida a toda a sala.

— Deus lhe ajude — disse Ivan Ivánovitch.

— Ah! Olá, Ivan Ivánovitch! — respondeu uma voz do canto da sala. Somente então Ivan Ivánovitch percebeu Ivan Nikíforovitch deitado sobre um tapete estendido no chão. — Perdão que eu esteja diante do senhor ao natural.

Ivan Nikíforovitch estava deitado sem roupa alguma, até sem camisa.

— Imagina. O senhor repousou hoje, Ivan Nikíforovitch?

— Repousei. E o senhor, repousou, Ivan Ivánovitch?

— Repousei.

— Então o senhor acabou de acordar, agora?

— Se eu acabei de acordar? Benza Deus, Ivan Nikíforovitch! Como seria possível dormir até agora! Acabei de chegar do campo. E que centeio maravilhoso havia pelo caminho! Incrível! E o feno, então, alto, macio, opulento!

— Gorpina! — gritou Ivan Nikíforovitch. — Traga vodka e pastéis com creme azedo para Ivan Ivánovitch.

— Que tempo bom está fazendo hoje.

— Não elogie, Ivan Ivánovitch. Que diabo! Não dá para fugir do calor.

— Ora, precisa mencionar o diabo. Ei, Ivan Nikíforovitch! O senhor vai se lembrar da minha palavra, mas será tarde demais: o senhor vai ter o que merece no outro mundo por causa dessas palavras profanas.

— Com o que eu o ofendi, Ivan Ivánovitch? Não ataquei seu pai, nem sua mãe. Não sei por que o ofendi.

— Já chega, Ivan Nikíforovitch, já chega!

— Por Deus, eu não o ofendi, Ivan Ivánovitch!

— É estranho que as codornas ainda não tenham vindo ao som do assobio.

— Como o senhor desejar, pense o que quiser, mas eu não o ofendi, de modo algum.

— Eu não sei por que elas não vieram — disse Ivan Ivánovitch, como se não estivesse ouvindo Ivan Nikíforovitch.

— O senhor disse que o centeio estava bom?

— O centeio está incrível, incrível!

Depois disso, um silêncio mortal.

— Então quer dizer que o senhor, Ivan Nikíforovitch, estendeu a roupa? — disse Ivan, por fim.

— Sim, a maldita mulher estragou roupas quase novas, excelentes. Agora tenho que colocar para arejar; tecido fino, esplêndido, é só virar do avesso e se pode usar novamente.

— Eu gostei de uma coisa que estava ali, Ivan Nikíforovitch.

— O quê?

— Diga-me, por favor, de que lhe serve a arma que foi colocada para arejar junto com a roupa? — então, Ivan ofereceu rapé. — Poderia fazer o obséquio?

— Imagina, faça o favor! eu vou cheirar o meu! — Diante disso, Ivan Nikíforovitch apalpou ao seu redor e encontrou a tabaqueira em forma de chifre. — Que mulher mais tola, então ela também estendeu a arma lá! Que rapé bom faz o judeu em Sorôtchintsi. Não sei o que ele coloca ali, mas é tão aromático! Parece um pouco com balsamita. Pegue, aspire um pouco com a boca. Não parece balsamita? Pegue, faça o favor!

— Diga-me, por gentileza, Ivan Nikíforovitch, quero saber da arma, o que o senhor vai fazer com ela? Afinal, o senhor não precisa dela.

— Como não? E se acontecer de precisar atirar?

— O Senhor esteja convosco, Ivan Nikíforovitch, e quando é que o senhor vai precisar atirar? Quem sabe no dia do juízo final. O senhor, até onde sei, e tanto quanto outros vão se lembrar, não matou sequer um pato, e sua natureza não foi feita pelo Senhor Deus para atirar. O senhor possui uma postura, um porte imponente. Como é que vai perambular pelo pântano enquanto a sua roupa, que não merece ser mencionada em uma conversa apropriada, ainda estiver arejando, e o que fazer, então? Não, o senhor precisa de tranquilidade, repouso. (Ivan Ivánovitch, como já mencionado, falava extraordinariamente bem, de forma pitoresca, quando era necessário convencer alguém. E como ele falava bem! Meu Deus, como ele falava bem!) Sim, então o senhor precisa de ações convenientes. Ouça, dê a arma para mim!

— Como pode! Essa arma é cara. Não se encontram mais armas desse tipo em lugar algum. Comprei de um turco quando eu ainda frequentava a polícia. E então, agora, de repente, tenho que dá-la? Como pode? É um objeto necessário.

— Para que ele é necessário?

— Como assim, para quê? E se bandidos atacarem a casa... Ainda não seria necessária? Deus seja louvado! Agora fico tranquilo e não temo ninguém. Mas por quê? Porque sei que tenho uma arma no armazém.

— E que arma! Ótima! É, mas o gatilho, Ivan Nikíforovitch, está quebrado.

— O quê? o que está quebrado? Pode ser consertado. Só precisa lubrificar com óleo de cânhamo, para não enferrujar.

— Em suas palavras, Ivan Nikíforovitch, não vejo de jeito nenhum um tratamento amigável em relação a mim. O senhor não quer fazer nada por mim como um sinal de afeição.

— Como é que o senhor diz, Ivan Ivánovitch, que eu não demonstro qualquer tipo de afeto? O senhor não tem vergonha de dizer isso? Seus bois pastam na minha estepe, e eu nunca me ocupei deles. Quando o senhor vai a Poltáva, sempre me pede a carruagem, e o que acontece? Por acaso alguma vez eu recusei? Suas crianças sobem pela cerca para o meu quintal e brincam com meus cachorros, e eu não falo nada: podem brincar, desde que não toquem em nada! podem brincar!

— Se o senhor não quiser me dar, então talvez possamos trocar.

— O que o senhor está disposto a me dar em troca? — Diante disso, Ivan Nikíforovitch apoiou-se em seu cotovelo e lançou um olhar para Ivan Ivánovitch.

— Em troca da arma dou-lhe uma porca parda, aquela, que criei no chiqueiro. Uma beleza de porca! O senhor vai ver só, no próximo ano ela vai lhe trazer leitõezinhos.

— Eu não sei como o senhor, Ivan Ivánovitch, tem a pachorra de me dizer uma coisa dessas, o que eu vou fazer com a sua porca? Por acaso o diabo vai fazer um banquete?

— De novo! o senhor não vive sem o diabo! Quanto pecado, por Deus, quanto pecado, Ivan Nikíforovitch!

— Francamente, Ivan Ivánovitch, o senhor vai dar sabe lá o diabo o quê pela arma: uma porca!

— E por que é sabe lá o diabo quê, Ivan Nikíforovitch?

— Como assim? O senhor poderia julgar por si mesmo com propriedade. De um lado, a arma, algo conhecido; do outro, sabe lá o diabo o quê, uma porca! Se não fosse o senhor falando, eu poderia levar como uma ofensa para mim.

— E o que foi que o senhor viu de ruim na porca?

— Francamente, por quem o senhor me toma? Uma porca, o que eu vou fazer com uma porca...

— Acalme-se, acalme-se, já não vou mais... Fique com a sua arma, deixe que apodreça e se cubra de ferrugem, que fique enfurnada em um armário. Não quero mais falar sobre ela.

Depois disso, um silêncio mortal.

— Dizem — começou Ivan — que três reis declararam guerra ao nosso tzar.

— Sim, Piôtr Fiôdorovitch me disse. Que tipo de guerra é essa? E por que ela vai acontecer?

— Decerto não se pode dizer, Ivan Nikíforovitch, por que ela ocorre. Suponho que os reis querem que todos nós adotemos a fé turca.

— Viu só, biltres, o que queriam! — declarou Ivan Nikíforovitch, levantando a cabeça.

— O senhor vê, então o nosso tzar também lhe declarou guerra. "Não", disse, "vocês que adotem a fé cristã!"

— O quê? Ora, os nossos vão vencê-los, Ivan Ivánovitch!

— Vão mesmo. Então, o senhor não quer mesmo, Ivan Nikíforovitch, trocar a arma?

— É estranho, Ivan Ivánovitch: o senhor parece ser uma pessoa reconhecida por sua erudição, e, no entanto, fala como um ignorante. Que tolo eu seria...

— Acalme-se, acalme-se. Deixe para lá! Que se exploda; não vou falar mais nada!

Neste momento trouxeram aperitivos.

Ivan Ivánovitch bebeu um copinho e comeu um pouco de pastel com creme azedo.

— Ouça, Ivan Nikíforovitch. Vou dar-lhe, além da porca, dois sacos de aveia, afinal o senhor não semeou aveia mesmo. De qualquer forma, este ano, o senhor vai precisar comprar aveia.

— Por Deus, Ivan Ivánovitch, para falar com o senhor é necessário ter uma paciência de Jó. (Isso não é nada, Ivan Nikíforovitch solta frases bem piores do que essa.) Onde já se viu alguém trocar uma arma por dois sacos de aveia? Com certeza o senhor não vai oferecer o seu sobretudo.

— Mas o senhor esqueceu, Ivan Nikíforovitch, que, além disso, eu também vou dar uma porca.

— Como assim! Dois sacos de aveia e uma porca por uma arma?

— Mas o que é que tem, e por acaso o senhor ainda acha pouco?

— Por uma arma?

— Claro, por uma arma.

— Dois sacos por uma arma?

— Dois sacos, não vazios, mas com aveia; e uma porca, esqueceu?

— O senhor que beije a sua porca, e, se acaso não quiser, vá para o diabo!

— Oh! Mas que chilique! O senhor vai ver só: vão enfiar agulhas em chamas na sua língua, no além, por causa dessas palavras profanas. Depois de conversar com o senhor é necessário lavar o rosto e as mãos, e se fumigar todo.

— Permita-me, Ivan Ivánovitch; uma arma é uma coisa distinta, a distração mais interessante do mundo, além de ser um belo adorno para o recinto.

— O senhor, Ivan Nikíforovitch, faz tanto estardalhaço com sua arma, *como uma criança com um brinquedo novo* — disse Ivan Ivánovitch, enervado, porque já estava realmente começando a ficar furioso.

— E o senhor, Ivan Ivánovitch, é um verdadeiro *galinha*![4]

---

[4] Optei por mudar a palavra "гусак" (gussák), "ganso", que em russo pode ter vários sentidos, como: nome do animal ganso; chamar alguém de animal; ideia figurativa de pavão, pavonear-se. Figurativamente também pode ter outras acepções, como: pessoa tola; arrogante, soberba, insolente; palavra usada para repreender, censurar, xingar, praguejar; palavrão. Por fim, pode ter o sentido indireto de se fazer de bobo, de desentendido; de enganar, mentir; de "dar um jeito". Como em português a palavra "ganso" não possui o mesmo significado e chamar alguém de "ganso" não suscitaria efeito semelhante, a solução encontrada foi "galinha", que leva em consideração o tom caricatural do termo. (N. da T.)

Se Ivan Nikíforovitch não tivesse dito essas palavras, eles teriam tido uma briga, e, como sempre, teriam se despedido como amigos; mas dessa vez aconteceu de forma totalmente diferente. Ivan Ivánovitch se inflamou por completo.

— O que o senhor disse, Ivan Nikíforovitch? — perguntou ele, erguendo a voz.

— Eu disse que o senhor parece uma galinha, Ivan Ivánovitch!

— Como se atreve, o senhor, um lorde, a esquecer a decência e o respeito pela posição e pelo sobrenome de uma pessoa, e a desonrar com esse epíteto ultrajante?

— E o que é que tem de ultrajante? Francamente, e por que é que o senhor estava agitando tanto as mãos, Ivan Ivánovitch?

— Eu repito, como o senhor, desrespeitando toda a decência, ousou me chamar de galinha?

— Não estou nem aí para isso, Ivan Ivánovitch! Por que o senhor está cacarejando tanto?

Ivan Ivánovitch já não conseguia se controlar: seus lábios tremiam; a boca mudou a costumeira posição de V e ficou parecida com um O e ele piscava os olhos de tal maneira que ficou aterrorizante. Isso era extremamente raro para Ivan Ivánovitch. Para isso acontecer era necessário irritá-lo, e muito.

— Então eu declaro ao senhor — disse Ivan Ivánovitch — que já não quero ser seu amigo!

— Grande coisa! Por Deus, não vou chorar por causa disso! — respondeu Ivan Nikíforovitch.

Estava mentindo, mentindo, por Deus, e como! Ele ficou muito enervado com tudo isso.

— Não voltarei a colocar os pés em sua casa.

— Vejam só! — disse Ivan Nikíforovitch, sem saber o que fazer, por estar tão enervado, e, ao contrário do que de costume, ergueu-se. — Ei, mulher, moleque! — E então aquela mesma mulher magricela apareceu detrás da porta, e o menino baixinho, enrolado em uma sobrecasaca comprida e larga. — Tomem Ivan Ivánovitch pelas mãos e o atirem porta afora!

— Como assim! Um nobre, como eu? — gritou Ivan Ivánovitch com indignação. — Como se atreve! Podem vir! Vou acabar com vocês, junto com o tolo do seu patrão! Nem um corvo vai achar o que sobrar de vocês! (Ivan Ivánovitch falava extraordinariamente alto quando sua alma estava abalada.)

O grupo todo presenciou uma forte imagem: Ivan Nikíforovitch, de pé, no meio da sala, no esplendor de sua beleza, sem qualquer adorno! A mulher, de queixo caído e transmitindo a expressão mais absurda no rosto, com medo! Ivan Ivánovitch, com uma das mãos levantada, como um tribuno romano! Que momento extraordinário! Um espetáculo magnífico! E, nesse meio tempo, havia apenas um espectador: o menino com a incomensurável sobrecasaca, que estava ali parado, bastante calmo, limpando o nariz com o dedo.

Finalmente, Ivan pegou seu chapéu.

— O senhor se porta de forma muito correta, Ivan Nikíforovitch! Excelente! Vou lembrá-lo disso, pode ter certeza.

— Saia logo daqui, Ivan Ivánovitch, vá embora! Mas, veja, nunca mais apareça na minha frente, senão, Ivan Ivánovitch, eu arrebento a sua cara!

— Aqui para o senhor, Ivan Nikíforovitch! — respondeu Ivan Ivánovitch, fazendo figas e batendo a porta, que soltou um grunhido, grasnou e abriu novamente.

Ivan Nikíforovitch apareceu na porta, queria acrescentar algo, mas Ivan Ivánovitch já não olhou para trás e saiu correndo do quintal.

III

o que ocorreu depois da briga de Ivan Ivánovitch e Ivan Nikíforovitch?

Assim, dois homens respeitáveis, orgulho e honra de Mírgorod, brigaram! E por quê? Por causa de uma bobagem, por causa de uma galinha. Não iam mais se ver, interromperam toda a comunicação, apesar de antes serem conhecidos como os mais inseparáveis dos amigos! Todos os dias, como de costume, Ivan Ivánovitch e Ivan Nikíforovitch se indagavam para saber sobre a saúde um do outro, com certeza trocavam algumas palavras de seus terraços e diziam palavras tão agradáveis que o coração de cada um sentia prazer em ouvi-las. Aos domingos, como era de costume, Ivan Ivánovitch, com seu sobretudo de inverno, e Ivan Nikíforovitch, com um casaco marrom-amarelado de nanquim, iam à igreja quase de braços dados. E se Ivan Ivánovitch, que tinha olhos extremamente argutos, era o primeiro a perceber uma poça ou alguma sujeira no meio da rua, o que acontecia às vezes em Mírgorod, então sempre dizia a Ivan Nikíforovitch: "Cuidado, não ponha o pé ali, está sujo". Ivan Nikíforovitch, por sua vez, mostrava os mesmos sinais comoventes de amizade, e, quando estava longe, sempre estendia a mão para Ivan Ivánovitch com a sua tabaqueira em forma de chifre, proferindo: "Faça o favor!". E que propriedades eles tinham!.. Ah, esses dois amigos... Quando ouvi falar sobre essa história, tudo isso me atingiu feito um raio! Por muito tempo eu não queria acreditar: Deus todo poderoso! Ivan Ivánovitch e Ivan Nikíforovitch brigaram! Pessoas tão dignas! E agora, o que há de estável neste mundo?

Quando Ivan Ivánovitch chegou em sua casa, ficou por muito tempo em um estado de forte perturbação. Em geral, ele primeiro teria ido até o estábulo para ver se a égua tinha comido feno (Ivan Ivánovitch tem uma égua alazã, careca na testa; era uma égua muito boa); depois alimentaria os perus e leitões, com suas próprias mãos e, então, ele se recolheria a seus aposentos, onde ou faria objetos de madeira (ele é muito habilidoso, não deixa nada a desejar diante de um torneiro, é capaz de fabricar várias coisas de madeira), ou leria um livro, impresso por Liúbi, Gári e Popóv[5] (o título Ivan Ivánovitch não lembraria, porque a criada há muito tinha rasgado a parte superior da página de rosto, para distrair as crianças), ou descansaria na varanda. Agora ele não conseguiu levar nenhum de seus habituais afazeres a cabo. Mas, em vez disso, quando se deparou com Gápka, começou a repreendê-la, queria saber por que ela estava perambulando, de braços cruzados, embora ela estivesse arrastando cereais para a cozinha; jogou um pedaço de pau no galo que tinha vindo até o alpendre, para se alimentar, como de costume; e então o moleque emporcalhado de camiseta

---

5 Tipógrafos de Moscou que editavam livros no século XVIII. (N. da T.)

esfarrapada correu até ele e gritou: "papai, papai, me dá pão de gengibre!" — e então Ivan Ivánovitch o ameaçou e bateu os pés de forma tão aterrorizante que o menino correu, assustado, sabe lá Deus para onde.

Finalmente, ele pensou bem e começou a se ocupar das coisas habituais. Foi almoçar tarde e já era quase de noite quando deitou para descansar na varanda. A bela borscht com pombos que Gápka preparou afugentou totalmente o incidente da manhã. Ivan Ivánovitch começou a cuidar de sua propriedade com prazer de novo. Por fim, deteve os olhos no quintal do vizinho e disse para si mesmo: "Hoje não estive com Ivan Nikíforovitch; acho que vou à sua casa". Quando disse isso, Ivan Ivánovitch pegou o chapéu e a bengala e se dirigiu para a rua; mas, mal havia passado pelo portão e se lembrou da briga; fez um gesto de desprezo, deu meia volta e retornou. Um movimento muito parecido aconteceu no quintal de Ivan Nikíforovitch. Ivan Ivánovitch viu quando a mulher colocou o pé na cerca com a intenção de subir e ir para o seu quintal, quando de repente ouviu-se a voz de Ivan Nikíforovitch: "Para trás! Para trás! não é necessário". Entretanto, Ivan Ivánovitch sentiu um tédio enorme. Poderia muito bem ser que essas pessoas dignas, no dia seguinte, tivessem se reconciliado, se um incidente particular na casa de Ivan Nikíforovitch não tivesse destruído toda e qualquer esperança e jogado lenha na fogueira da inimizade, que estava prestes a se extinguir.

Na noite daquele mesmo dia, Agáfia Fiedossiêievna chegou à casa de Ivan Nikíforovitch. Agáfia Fiedossiêievna não era parente, nem cunhada, nem mesmo comadre de Ivan Nikíforovitch. Aparentemente, ela não tinha razão alguma para ir a sua casa, e ele não estava lá muito contente com ela; entretanto, ela ia e passava uma semana inteira com ele, às vezes até mais. Então, ela tomava as chaves e a casa toda ficava em suas mãos. Isso era muito desagradável para Ivan Nikíforovitch; entretanto, para surpresa geral, ele a ouvia, feito criança, e, embora às vezes tentasse discutir, a vontade de Agáfia Fiedossiêievna sempre prevalecia.

Confesso que não entendo por que tudo é arranjado de forma que as mulheres nos peguem pela orelha com tanta facilidade, como se fosse a alça de uma chaleira. Ou suas mãos são criadas assim, ou nossa orelha não serve para mais nada. E, embora a orelha de Ivan Nikíforovitch fosse um pouco difícil de se pegar, ela o agarrava pela orelha e o levava atrás de si, como um cão. Ele até mudava, diante dela, involuntariamente, seu costumeiro estilo de vida: não ficava tanto tempo deitado, tomando sol, e, se ficasse, não era ao natural, mas sempre usava uma camisa e calças largas com tornozelos estreitos, embora Agáfia Fiedossiêievna não exigisse isso de jeito nenhum. Ela era tagarela, sem cerimônias, e, quando Ivan Nikíforovitch tinha febre, ela mesma, com suas próprias mãos, limpava-o da cabeça aos pés com terebintina e vinagre.

Agáfia Fiedossiêievna sempre usava uma touca, um robe cor de café com flores amareladas e tinha três verrugas no nariz. A sua silhueta era parecida com um tonel, e, portanto, localizar sua cintura era tão difícil quanto ver o próprio nariz sem um espelho. Suas pernas eram curtas, esculpidas como duas almofadas. Ela era fofoqueira, comia beterraba cozida pela manhã, dava broncas magnificamente bem — e diante de todos os mais variados afazeres, seu rosto não mudava a expressão sequer por um instante, o que em geral apenas mulheres conseguem fazer.

Desde que ela chegara, tudo estava de pernas para o ar.

— Ivan Nikíforovitch, você não pode se reconciliar com ele, nem pedir perdão: ele quer acabar com você, é desse tipo de homem! Você ainda não o conhece.

A maldita mulher sussurrou, sussurrou tanto, que fez com que Ivan Nikíforovitch não quisesse sequer ouvir falar sobre Ivan Ivánovitch.

Tudo ficou diferente: se o cão do vizinho se enfiasse no quintal, batiam nele por todos os lados; depois de subir a cerca, as crianças voltavam aos berros, as camisetas levantadas e vergões nas costas. Até a velha mulher, quando Ivan Ivánovitch quis perguntar-lhe sobre algo, fez um gesto tão obsceno que Ivan Ivánovitch, como uma pessoa extremamente delicada, fez um gesto de desprezo e acrescentou apenas: "Que mulher desprezível! Pior do que o patrão!".

Por fim, para coroar todos os insultos, o vizinho odioso construiu, bem na frente dele, onde costumava ficar o degrau da cerca, um galpão para galinhas, como se tivesse alguma intenção especial de agravar a ofensa. Aquele galpão, abominável para Ivan Ivánovitch, havia sido construído em uma velocidade diabólica: em um dia.

Isso suscitou raiva e desejo de vingança em Ivan Ivánovitch. Ele não demonstrou, no entanto, qualquer sinal de amargura, embora o galpão até usurpasse uma parte de sua terra; mas seu coração estava batendo tanto que para ele era extremamente difícil manter a tranquilidade exterior.

Ele passou o dia assim. Veio a noite… Ah, se eu fosse um pintor, retrataria todo o encanto da noite de forma maravilhosa! Eu retrataria como toda Mírgorod estava dormindo; como incontáveis estrelas a fitava, imóveis; o aparente silêncio ressoava e, de perto e de longe, o latido de cachorros; como diante deles passou apressado um sacristão apaixonado e subiu a cerca de vime com intrepidez cavaleiresca; como as paredes brancas das casas, envolvidas pelo luar, tornavam-se ainda mais brancas, as árvores ofuscadas por elas se tornavam mais escuras, a sombra das árvores se cobria ainda mais de preto, as flores e ervas silenciosas ficavam mais aromáticas e os grilos, cavaleiros inquietos da noite, simultaneamente, de todos os cantos, encetavam suas canções estridentes. Retrataria como em uma dessas casinhas baixas de argila, esparramada em uma cama de solteiro, uma cidadã de sobrancelha negra, cujos seios jovens arfavam, sonhava com um bigode hussardo e esporas, e a luz da lua ria em suas maçãs do rosto. Retrataria como a sombra negra de um morcego cintilava na estrada branca, pousando nas chaminés brancas das casas... Mas duvido que eu pudesse retratar Ivan Ivánovitch, que, naquela noite, tinha saído com um serrote na mão. Quantos sentimentos diferentes haviam escritos em seu rosto! Silenciosamente, bem silenciosamente, ele se esgueirou, furtivo, e se enfiou no galpão para galinhas. Os cães de Ivan Nikíforovitch ainda não sabiam nada sobre a briga deles e, portanto, permitiram, como a um velho amigo, que ele fosse até o galpão, todo sustentado por quatro pilastras de carvalho; aproximando-se subrepticiamente de uma pilastra próxima, posicionou o serrote perto dela e começou a serrar. O ruído produzido pela serra o compelia a ficar olhando a cada instante ao redor, mas pensar sobre a ofensa restituiu seu vigor. A primeira pilastra fora serrada; Ivan Ivánovitch se lançou sobre outra. Seus olhos estavam fulminantes, e não viam nada, de tanto medo. De repente Ivan Ivánovitch soltou um grito e ficou paralisado: pareceu-lhe que havia um cadáver ali; mas logo voltou a si, e viu que era uma galinha, empurrando seu pescoço para cima dele. Ivan Ivánovitch fez um gesto de desprezo, indignado, e continuou o trabalho. E a segunda pilastra foi serrada: a estrutura ficou bamba. O coração de Ivan Ivánovitch começou a bater de forma tão assustadora, quando ele se lançou sobre a terceira, que ele interrompeu o trabalho várias vezes. Mais da metade já havia sido serrada, quando, de repente, a instável estrutura se abalou com força... Ivan Ivánovitch mal teve tempo de dar um pulo, e o galpão já estava crepitando, desmantelando. Agarrou a serra, e, com um terrível susto, correu para casa e se atirou na cama, sem ousar sequer olhar pela janela, para as consequências de seus terríveis atos. Parecia-lhe que toda a corte de Ivan Nikíforovitch estava reunida: a velha mulher, Ivan Nikíforovitch, o menino do casaco infinito — todos, com pedaços de pau, comandados por Agáfia Fiedossiêievna, estavam indo destroçar e destruir sua casa.

Ivan Ivánovitch passou o dia seguinte inteiro como se estivesse com febre. Parecia-lhe que o hediondo vizinho, no mínimo por vingança, iria atear fogo em sua casa. Por isso, ele deu a Gápka a ordem de ficar inspecionando, todos os lados, a cada instante, para ver se, em algum lugar, havia palha seca. Finalmente, para advertir Ivan Nikíforovitch, ele decidiu se adiantar e processá-lo no tribunal regional de Mírgorod. Pode-se descobrir tudo isso no próximo capítulo.

IV

sobre o que aconteceu na repartição do Tribunal Regional de Mírgorod

Como Mírgorod é maravilhosa! E que construções tem! Seja com telhados de palha, de junco, ou até mesmo de madeira; à direita, uma rua, à esquerda, uma rua; por todos os lados cercas de vime; ao redor dela, lúpulo entrelaçado, sobre ela, potes suspensos, debaixo dela, um girassol mostra sua cabeça em forma de sol, uma papoula se avermelha, abóboras gordas cintilam... Um esplendor! A cerca de vime está sempre decorada com objetos, que fazem com que se torne ainda mais pitoresca: uma típica saia ucraniana, uma camisa ou calças largas estendidas. Em Mírgorod não há roubo, nem fraude, e por isso cada um pendura em sua cerca o que lhe der na telha. Se você se aproximar da praça, decerto vai parar por um tempo para admirar a vista: um charco, um charco admirável! o único que você vai conseguir ver! Ele ocupa quase toda a praça. Uma beleza de charco! Casas e casebres, que à distância podem ser tomadas por montes de feno empilhados ao redor, surpreendem-se com a beleza do charco.

Sou da opinião de que não há casa melhor do que a do Tribunal Regional. Seja de carvalho ou bétula, não me importa; mas nela, estimados senhores, há oito janelas! Oito janelas, lado a lado, bem diante da praça, e uma extensão de água, sobre a qual já falei, que o chefe de polícia chama de lago! É a única pintada da cor do granito: todas as outras casas de Mírgorod são simplesmente caiadas. Seu telhado é todo de madeira, e teria sido até tingido de vermelho, se os escriturários não tivessem comido o óleo preparado para isso, temperado com cebola, o que aconteceu, de propósito, na época da Quaresma, e o telhado ficou sem pintura. Na direção da praça lança-se um alpendre, no qual muitas vezes correm galinhas, porque sempre há grãos ou algo de comer quase esparramado, o que, contudo, não é feito de propósito, mas tão somente devido à displicência dos requerentes. A casa está dividida em duas: em uma parte está a *repartição*, na outra a *prisão*. Na metade em que está a repartição, há dois cômodos limpos, caiados: um — uma antessala para os requerentes; no outro, há uma mesa, decorada com manchas de tinta; sobre ela, um prisma com os decretos de Pedro, o Grande;[6] quatro cadeiras de carvalho com espaldar alto; junto às paredes, baús, forjados de ferro, nos quais eram guardadas pilhas de denúncias regionais. Em um desses baús estava, então, uma bota engraxada. A repartição começava o expediente desde cedo. O juiz, um homem bem corpulento, embora um pouco mais magro

---

6 Prisma triangular com o brasão do Império Russo que na época de Pedro, o Grande, era utilizado para apresentar seus decretos sobre comportamento adequado em lugares públicos. Antes de 1917, havia um prisma desses nas mesas de todas as instituições governamentais do Império Russo. (N. da T.)

do que Ivan Nikíforovitch, cujo semblante era bastante agradável, de jaleco ensebado, segurava um cachimbo e uma xícara de chá e estava conversando com o assistente de juiz. Os lábios do juiz ficavam bem debaixo do nariz, e por isso seu nariz podia aspirar o lábio superior à vontade. Esse lábio fazia as vezes de tabaqueira, porque o rapé direcionado ao nariz quase sempre salpicava nele. Assim, o juiz estava conversando com o assistente de juiz. Ao lado, uma menina descalça segurava uma bandeja com xícaras. No fim da mesa, o secretário lia as resoluções de um caso, mas em um tom tão monótono e lúgubre que o próprio acusado dormiria só de ouvir. O juiz, sem dúvida, seria o primeiro a fazê-lo, se nesse ínterim não tivesse encetado uma conversa interessante.

— Tentei descobrir, de propósito — disse o juiz, sorvendo o chá já frio de sua xícara —, como eles fazem para cantar tão bem. Eu tinha uma beleza de melro uns dois anos atrás. E daí? de repente ele ficou totalmente mal. Começou a cantar sabe lá Deus o quê. Quanto mais cantava, pior ficava, e piorou, começou a pronunciar o erre guturalmente, a rouquejar, era melhor jogar fora! Afinal, era o maior absurdo! E olha por que isso aconteceu: debaixo de sua garganta surgiu um abscesso, menor do que uma grãozinho de ervilha. Esse pequeno abscesso precisava apenas ser furado com uma agulha. Foi Zakhár Prokófievitch quem me ensinou isso, ou seja, se o senhor quiser, vou lhe dizer de que maneira isso se deu: Fui à sua casa...

— O senhor deseja, Demian Demiánovitch, que eu leia outro? — interrompeu o secretário, pois havia já algum tempo que tinha terminado a leitura.

— E o senhor já leu? Imagine, que rápido! Eu nem ouvi nada! Mas onde é que está? O senhor pode me dar, vou assinar. O que mais o senhor tem aí?

— O caso do cossaco Bokitka, sobre a vaca roubada.

— Está bem, leia! Então, aí eu fui à casa dele... Posso até lhe contar com detalhes como ele me recebeu. Com a vodka foi servido um esturjão, único! Sim, não é como o nosso esturjão, que — diante disso, o juiz colocou a língua para fora e sorriu, e, assim, seu nariz aspirou de sua habitual tabaqueira — nossa mercearia de Mírgorod oferece. Não comi arenque, porque, como o senhor mesmo sabe, fico com azia no estômago por causa dele. Mas caviar eu provei; excelente caviar! Nada a dizer, ótimo! Depois bebi vodka de pêssego com infusão de centaurium. Havia também de açafrão; mas de açafrão, como o senhor mesmo sabe, eu não bebo com álcool. Ele, veja, é muito bom: antes, como dizem, provoca o apetite e, depois, sacia... Ah! Quem é vivo sempre aparece... — gritou o juiz, de repente, vendo Ivan Ivánovitch, que estava entrando.

— Deus esteja conosco! Com os meus cumprimentos! — declarou Ivan Ivánovitch, fazendo reverência para todos os lados, com a sua peculiar disposição. Meu Deus, como ele tinha a capacidade de fascinar todos com seu tratamento! Uma delicadeza dessas eu nunca vi em lugar algum. Ele sabia muito bem da sua dignidade, e por isso olhava o respeito universal como um dever. O próprio juiz deu uma cadeira a Ivan Ivánovitch, e seu nariz puxou todo o rapé do lábio superior, o que para ele sempre foi um sinal de grande contentamento.

— Em que posso lhe servir, Ivan Ivánovitch? — perguntou ele. — O senhor deseja uma xícara de chá?

— Não, agradeço imensamente — respondeu Ivan Ivánovitch, fez uma reverência e se sentou.

— Por gentileza, uma xicrinha! — repetiu o juiz.

— Não, agradeço. Estou muito satisfeito com a hospitalidade — respondeu Ivan Ivánovitch, fez uma reverência e se sentou outra vez.

— Uma xícara — repetiu o juiz.

— Não, não se preocupe, Demian Demiánovitch!

Diante disso, Ivan Ivánovitch levantou-se, fez uma reverência e se sentou.

— Uma xicrinha?

— Está bem, só uma xicrinha! — declarou Ivan Ivánovitch, e estendeu a mão na direção da bandeja.

Senhor, meu Deus! Quanta delicadeza! Não se pode dizer com palavras que impressão agradável causam esses atos!

— O senhor não deseja mais uma xicrinha?

— Agradeço humildemente — respondeu Ivan Ivánovitch, colocando a xícara de cabeça para baixo na bandeja e fazendo uma reverência.

— Faça o favor, Ivan Ivánovitch!

— Não posso. Agradeço imensamente. — Diante disso, Ivan Ivánovitch levantou-se, fez uma reverência e se sentou.

— Ivan Ivánovitch! Faça a gentileza, uma xicrinha!

— Não, muito obrigado por sua recepção.

Depois de dizer isso, Ivan Ivánovitch levantou-se novamente, fez uma reverência e se sentou.

— Só uma xicrinha! uma xicrinha!

Ivan Ivánovitch estendeu a mão na direção da bandeja e pegou uma xícara.

Minha nossa, quem diria! como pode, como uma pessoa consegue manter sua dignidade!

— Eu, Demian Demiánovitch — disse Ivan Ivánovitch, terminando de beber o último gole —, tenho um assunto imprescindível para tratar com o senhor: uma ação judicial. — Diante disso, Ivan Ivánovitch pousou a xícara e tirou do bolso uma folha de papel com selo oficial. — Quero mover uma ação contra meu inimigo, inimigo mortal.

— Mas contra quem?

— Ivan Nikíforovitch Dovgotchkhún.

Diante dessas palavras, por pouco o juiz não caiu da cadeira.

— Mas do que o senhor está falando! — declarou ele, batendo as mãos em sinal de espanto. — Ivan Ivánovitch, é o senhor mesmo?

— O senhor está vendo por si próprio, que sou eu mesmo.

— Deus esteja convosco e todos os santos! Como assim! O senhor, Ivan Ivánovitch, tornou-se inimigo de Ivan Nikíforovitch? É a sua boca que está dizendo isso mesmo? Repita, por favor! Será que alguém não se escondeu atrás do senhor e fala em seu nome?

— E o que tem nisso de tão incrível. Não quero vê-lo nem pintado de ouro; ele me ofendeu de forma profunda, insultou a minha honra.

— Santíssima Trindade! como é que eu vou convencer a minha mãe agora! Ela, uma senhora, todo dia, quando eu brigo com minha irmã, diz: "Crianças, vocês vivem como cães. Quem me dera vocês tivessem como exemplo Ivan Ivánovitch e Ivan Nikíforovitch. Eles, sim, é que são amigos de verdade! Como são próximos! Tão dignos!" Olha só no que deu essa amizade! Diga-me, mas por que aconteceu isso? Como?

— Esse é um caso delicado, Demian Demiánovitch! não é possível contá-lo com palavras. Melhor ordenar que se leia a petição. Aqui está, pegue desse lado, é mais conveniente.

— Leia, Taras Tikhônovitch![7] — disse o juiz, virando-se para o secretário.

Taras Tikhônovitch pegou a petição e, assoando o nariz, da forma como todos os secretários de juízes

---

7 Em russo, тихо (tíkho): calmo, tranquilo; silencioso, lento. (N. da T.)

regionais assoam o nariz, com a ajuda de dois dedos, começou a ler:

"Requerimento do nobre e proprietário da região de Mírgorod, Ivan, filho de Ivanov, Pererepiênko; sobre o conteúdo, seguem os pontos:

1) Conhecido de todo o mundo por seus atos ilícitos e ímpios, que levam à aversão, e que excedem todos os limites, o nobre Ivan, filho de Nikiforov, Dovgotchkhún,[8] neste ano de 1810, dia 7 de julho, cometeu uma ofensa profunda contra mim, tanto de forma pessoal, com respeito à minha honra, assim como em relação à humilhação e confusão de minha posição e sobrenome. O referido nobre, além de seu próprio aspecto ignóbil, possui um temperamento inclinado a brigas e cheio de toda sorte de vitupérios a Deus e palavrões..."

Então o leitor parou um pouco para assoar de novo o nariz, e o juiz cruzou os braços com devoção e apenas disse para si mesmo:

— Mas que pena garbosa! Senhor, meu Deus! Como esse homem escreve!

Ivan Ivánovitch pediu para que continuasse a ler, e Taras Tikhônovitch o fez:

"Quando fui à sua casa, com uma proposta amigável, o referido nobre, Ivan, filho de Nikíforov, Dovgotchkhún, chamou-me publicamente com um nome

---

8 Possivelmente do ucraniano чхун (tchkhun): que espirra com freqüência; que não liga a mínima.

ofensivo e ultrajante para minha honra, a saber, de *galinha*, embora seja sabido em toda a região de Mírgorod que meu nome não vem desse animal hediondo, de jeito nenhum, e não tenho a intenção de associar meu nome a ele no futuro. A evidência de minha origem nobre é o fato que consta em meu registro, que se encontra na Igreja dos Três Santos, em que está inscrito tanto o dia de meu nascimento, como o batismo por mim recebido. Uma *galinha*, como sabe qualquer um, que seja minimamente versado em ciências, não pode estar inscrita em um registro, visto que a *galinha* não é uma pessoa, mas um bicho, o que qualquer um sabe sem sombra de dúvida, até os que nem mesmo frequentaram o seminário. Mas o referido nobre pernicioso, mesmo versado em tudo isso, não por outra razão, senão a de cometer uma profunda ofensa referente a minha posição e título, insultou-me com a referida palavra infame.

2) Além disso, esse mesmo nobre indecoroso e indecente atentou contra minha propriedade de família, obtida por mim de meus pais, que consistia em um título espiritual, da abençoada memória de Ivan, filho de Oníssiev, Pererepiênko, propriedade esta em que, desrespeitando todas as leis, ele transferiu um galpão para galinhas, completamente encostado em meu alpendre, o que não foi feito com qualquer outra intenção, senão a de agravar o insulto cometido contra mim, visto que o referido galpão até então ficava em um lugar apropriado, e ainda estava firme o suficiente.

Mas a intenção hedionda do nobre acima mencionado consistia unicamente em me fazer testemunha de incidentes obscenos: visto que é do conhecimento de todos que nenhum homem vai a um galpão, quanto mais a um para galinhas, para assuntos decentes. Diante desse ato ilícito dois arados de madeira dianteiros usurparam minha própria terra, que eu obtive quando meus pais ainda eram vivos, abençoada seja a memória de Ivan, filho de Oníssiev, Pererepiênko, que começava em um silo, em uma linha reta e ia até o lugar em que as mulheres lavam os potes.

3) O nobre acima descrito, cujos próprios nome e sobrenome inspiram repulsa, alimenta na alma a intenção perniciosa de botar fogo em mim em minha própria casa. Os indícios indubitáveis se tornam evidentes a partir do que segue abaixo: em primeiro lugar, o referido nobre pernicioso começou a sair de seus aposentos com frequência, algo que quase nunca realizava, devido à sua indolência e à repugnante obesidade; em segundo lugar, na residência dos servos, contígua à própria cerca que circunda a minha terra, que recebi de meus finados pais, seja abençoada a memória de Ivan, filho de Oníssiev, Pererepiênko, cotidianamente, com uma duração extraordinária, a luz fica acesa, o que já é uma demonstração clara, a julgar por sua avareza mesquinha, já que antes, não apenas a vela de sebo, mas até o lampião estavam sempre apagados.

E, assim, demando para o nobre Ivan, filho de Nikíforov, Dovgotchkhún, por ser culpado de um incêndio, do insulto de minha posição, nome e sobrenome, pela usurpação predatória de minha propriedade e, acima de tudo, por ter adicionado, de forma baixa e condenável, a meu sobrenome a denominação de galinha, punição, o pagamento de despesas e danos, e a condenação do próprio como o invasor, de ser preso e algemado, enviado à prisão da cidade, e, de acordo com o meu requerimento, é necessário encontrar uma solução imediata e rigorosa. — Escrito e elaborado pelo nobre, proprietário de Mírgorod, Ivan, filho de Ivanov, Pererepiênko."

Após a leitura da petição, o juiz se aproximou de Ivan Ivánovitch, pegou-o pelo botão e começou a lhe dizer, algo parecido com:

— Mas o que o senhor está fazendo, Ivan Ivánovitch? Seja temente a Deus! jogue a petição fora, deixe para lá! (Que Satanás suma com ela!) Melhor tomar Ivan Nikíforovitch pelas mãos, beijá-lo, comprar um vinho de Santorini ou de Nikopol, ou simplesmente faça um ponche, e então me convide! Vamos beber juntos e esquecer tudo isso!

— Não, Demian Demiánovitch! não se trata disso — disse Ivan Ivánovitch, cheio de pompa, que como sempre lhe caiu bem. — Não é o tipo de coisa que poderia ter sido resolvida com um acordo amigável. Adeus! Adeus também para os senhores! — continuou ele, com a mesma pompa, olhando ao redor. — Espero que as medidas adequadas sejam tomadas em relação à minha petição. — E foi embora, deixando todos os que estavam presentes no tribunal espantados.

O juiz se sentou sem dizer palavra; o secretário cheirou rapé; os escriturários derrubaram um pedaço quebrado de garrafa, que fazia as vezes de tinteiro; e o próprio juiz, por descuido, esparramou com o dedo uma poça de tinta sobre a mesa.

— O que o senhor me diz sobre isso, Dorofiêi Trofímovitch? — falou o juiz, depois de um momento de silêncio, virando-se para o assistente de juiz.

— Eu não digo nada — respondeu o assistente de juiz.

— Cada uma que acontece! — continuou o juiz.

Mal teve tempo de dizer isso quando a porta começou a ranger e a metade dianteira de Ivan Nikíforovitch surgiu na repartição; o resto dele tinha ficado na antessala. A aparição de Ivan Nikíforovitch, e ainda por cima no tribunal, parecia tão extraordinária que o juiz soltou um grito; o secretário interrompeu sua leitura. Um funcionário, com sua imitação de meio-fraque frisado, levou a caneta à boca; outro engoliu uma mosca. Até mesmo um policial enviado para uma incumbência e o guarda, um veterano, que até então estava junto à porta, coçando sua camisa suja com divisas no ombro, até mesmo esse veterano ficou boquiaberto e pisou no pé de alguém.

— Que bons ventos o trazem aqui? O que e por quê? Como vai a sua saúde, Ivan Nikíforovitch?

Mas Ivan Nikíforovitch estava mais morto do que vivo, porque ficou entalado na porta e não conseguia dar sequer um passo, nem para a frente, nem para trás. Em vão, o juiz gritou para a antessala, para que alguém que se encontrasse lá, atrás de Ivan Nikíforovitch, empurrasse-o para a repartição. Na antessala havia apenas uma velha requerente, que, apesar de todos os esforços de suas mãos ossudas, não podia fazer nada. Então, um dos escriturários, espadaúdo, de lábios grossos, nariz de batata, os olhos inebriados que espreitavam, os ombros largos, aproximou-se da metade dianteira de Ivan Nikíforovitch, cruzou-lhe os braços na frente do corpo como se faz com uma criança, piscou para o velho veterano, que apoiou seu joelho na barriga de Ivan Nikíforovitch, e, apesar dos gemidos pesarosos, ele foi devolvido para a antessala. Em seguida, moveram o ferrolho e abriram a segunda metade pequena da porta. Diante disso, o escriturário e seu assistente, o veterano, exalaram um cheiro tão forte por causa dos esforços conjuntos do alento de seus lábios, que a repartição se converteu temporariamente em taberna.

— O senhor se machucou, Ivan Nikíforovitch? Vou pedir a minha mãe que lhe envie uma infusão que o senhor vai esfregar somente na lombar e nas costas, e vai passar.

Mas Ivan Nikíforovitch caiu em uma cadeira e não conseguia dizer nada além de longos *ohs*. Finalmente, com uma voz fraca, quase inaudível por causa da fadiga, ele se pronunciou:

— O senhor quer um pouco? — E, tirando a tabaqueira em forma de chifre do bolso, acrescentou: — Pegue, faça o favor!

— Estou muito feliz em vê-lo — respondeu o juiz. — Não posso imaginar de jeito nenhum o que levou o senhor a se dar ao trabalho e nos oferecer uma surpresa tão agradável.

— Uma petição... — foi tudo o que Ivan Nikíforovitch conseguiu pronunciar.

— Uma petição? Qual?

— Uma ação... — então fez uma longa pausa por causa da falta de ar, — oh!.. ação contra um pilantra... Ivan Ivanov Pererepiênko.

— Meus senhores! O senhor também vai fazer isso! Uma amizade tão rara! Uma ação contra um homem tão cheio de virtudes! ...

— Ele é o próprio Satanás! — disse Ivan Nikíforovitch, curto e grosso.

O juiz se persignou.

— Por favor, pegue minha petição e leia.

— Não há nada a fazer, leia, Taras Tikhônovitch — disse o juiz, dirigindo-se ao secretário, com ares de descontentamento, enquanto seu nariz cheirava o lábio superior involuntariamente, o que ele costumava fazer apenas antes de um grande contentamento. Essa arbitrariedade do nariz causou ainda mais pesar ao juiz. Ele tirou o lenço e soltou todo o rapé do lábio superior, para punir sua impertinência.

Depois de ter seu costumeiro acesso, o que ele sempre fazia antes do princípio de uma leitura, ou seja, sem a ajuda de um lenço, o secretário começou, com a sua costumeira voz, da seguinte forma:

"Demanda o nobre da região de Mírgorod Ivan, filho de Nikíforov, Dovgotchkhún, sobre o conteúdo, seguem os pontos:

1) Por uma maldade detestável e evidente hostilidade, o que se denomina nobre, Ivan, filho de Ivanov, Pererepiênko, comete contra mim e me aterroriza com golpes baixos, danos e outros atos e, ontem à tarde, como um ladrão e bandido, com machados, serrotes, cinzéis e outras ferramentas de serralheiro, infiltrou-se durante a noite no meu pátio e, permanecendo por muito tempo no meu próprio galpão, já referido, ele o destruiu, pessoalmente, de maneira ultrajante. De minha parte, não dei motivo algum para tal ato ilícito e de banditismo.

2) O referido nobre Pererepiênko atentou contra a minha vida e até o dia 7 do mês passado, mantendo em segredo essas intenções, veio até minha casa e começou, de maneira amigável e cheia de lábia, a me pedir a minha arma, que estava em meu quarto, e por ela me ofereceu, com sua mesquinharia característica, muitas coisas imprestáveis, tais como: uma porca parda e duas medidas de aveia. Mas, ao mesmo tempo, antevendo sua intenção criminosa, tentei de todas as formas possíveis dissuadi-lo; porém o referido impostor e patife, Ivan, filho de Ivanov, Pereriêpenko, recriminou-me à maneira

dos mujiques e, desde então, alimenta-me com uma inimizade implacável. Além disso, o mesmo referido nobre e ladrão agressivo, o sempre mencionado Ivan, filho de Ivanov, Pererepiênko, também possui origem extremamente desonrosa: sua irmã era conhecida por todo mundo como libertina e fugiu atrás de uma companhia de soldados caçadores, que se encontrava em Mírgorod fazia cinco anos; contudo, inscreveu seu marido para trabalhar como camponês. Seu pai e sua mãe também eram pessoas ilícitas, e ambos eram bêbados inimagináveis. O citado nobre e ladrão Pererepiênko, com seus atos bestiais e dignos de censura, superou todos os seus parentes e, sob o pretexto de devoção, faz as coisas mais imorais: não mantém compromissos, como na véspera da celebração de São Felipe, esse apóstata comprou um carneiro e no dia seguinte ordenou a Gápka, sua empregada ilegal, que fosse abatido, alegando que precisava de banha para lampiões e velas.

Por isso, solicito que o referido nobre e ladrão, sacrílego, impostor, já incriminado por roubo e saque, seja preso, algemado e enviado à prisão, ou cadeia pública, e, lá, à discrição, desprovido de sua posição e nobreza, fustigado e enviado à Sibéria para realizar trabalhos forçados, conforme necessário; que pague despesas e danos e seja levado a julgamento, de acordo com minha petição. — A presente petição é assinada pelo nobre Ivan, filho de Nikíforov, Dovgotchkhún, da região de Mírgorod."

Assim que o secretário terminou a leitura, Ivan Nikíforovitch pegou seu chapéu e fez uma reverência, com a intenção de ir embora.

— Aonde o senhor pensa que vai, Ivan Nikíforovitch? — disse-lhe o juiz em seguida. — Fique mais um pouco! Tome uma xícara de chá! Oríchko!⁹ Por que é que você está aí parada, sua tola, piscando para os escriturários? Vá buscar chá!

Mas Ivan Nikíforovitch, com medo por ter ido a um lugar tão distante de sua casa e suportado uma quarentena tão perigosa, já tinha conseguido passar pela porta, declarando:

— Não se preocupe, com prazer... — e fechou-a atrás de si, deixando todos espantados na repartição.

Não havia nada a fazer. Ambas as petições haviam sido recebidas, e o caso estava pronto para assumir uma posição muito importante, quando uma circunstância imprevista lhe conferiu ainda maior significância. Quando o juiz saiu da repartição, acompanhado pelo assistente de juiz e pelo secretário, e os escriturários enfiaram em um saco as aves, ovos, nacos de pão, pastéis, salgados e outras baboseiras trazidas pelos requerentes, naquele momento, uma porca parda entrou correndo na sala e pegou, para a surpresa geral dos presentes, não um pastel ou uma casca de pão, mas a petição de Ivan Nikíforovitch, que estava em uma extremidade da mesa,

---

9 Ucraniano; equivalente ao russo горошина (gorôchina), ervilha.

com as folhas para fora da borda. Arrebatando o papel, a porca parda saiu correndo, tão veloz, que nenhum dos funcionários administrativos conseguiu alcançá-la, apesar das réguas e tinteiros atirados.

Este acontecimento extraordinário causou um terrível alvoroço, porque ainda não tinha sido feita uma cópia dela. O juiz, seu secretário e o assistente de juiz ficaram muito tempo discutindo sobre essa circunstância inaudita; finalmente, decidiu-se que se escreveria sobre essa atitude para o chefe de polícia, visto que a consequência desse caso dizia mais respeito à polícia civil. O memorando oficial do processo N389 foi enviado para ele naquele mesmo dia, e nele mesmo houve uma explicação muito curiosa, que os leitores podem descobrir no próximo capítulo.

V

no qual se expõe o encontro de dois
respeitáveis personagens de Mírgorod

Assim que Ivan Ivánovitch se dirigiu à sua propriedade foi, como de costume, deitar-se na varanda, quando, para sua indizível surpresa, avistou algo avermelhado na cancela. Era o punho vermelho do chefe de polícia, que, de maneira uniforme, assim como a sua gola, recebeu polimento e parecia couro envernizado nas extremidades. Ivan Ivánovitch pensou consigo mesmo: "Nada mal que Piôtr Fiôdorovitch tenha vindo para conversar", mas ficou surpreso quando percebeu que o chefe de polícia estava vindo extraordinariamente rápido e agitava as mãos, o que era muito raro acontecer com ele. No uniforme do chefe de polícia havia oito botões; o nono caíra durante uma procissão na consagração de uma catedral, dois anos antes, e os policiais não haviam conseguido achar, embora o chefe de polícia, diante dos relatórios diários que os inspetores da polícia do bairro lhe forneciam, sempre perguntasse se o botão havia sido encontrado. Os oito botões foram costurados assim como as camponesas plantam vagem: um à direita, outro à esquerda. A perna esquerda havia sido baleada em sua última campanha, e, por isso, mancando, ele a jogava tão longe que, com isso, destruía quase todo o trabalho da perna direita. Quanto mais rápido o chefe de polícia utilizava sua perna, menos ela avançava. E, por isso, enquanto ele caminhava até a varanda, Ivan Ivánovitch teve tempo suficiente para se perder em conjeturas sobre por que o chefe de polícia estava agitando tanto as mãos. Além do mais, interessava-lhe o fato de que o caso parecia ser de extraordinária importância, visto que ele estava até com uma espada nova.

— Olá, Piôtr Fiôdorovitch! — gritou Ivan Ivánovitch, que, como já foi mencionado, era muito curioso e não conseguia de jeito nenhum conter sua impaciência enquanto via o chefe de polícia se precipitando para o alpendre, mas este não levantou os olhos, e continuou brigando com sua perna, que não conseguia de forma alguma subir o degrau de uma vez só.

— Desejo bom dia para o meu querido amigo e benfeitor, Ivan Ivánovitch! — respondeu o chefe de polícia.

— Sente-se, por favor. O senhor, como posso ver, está cansado, porque a sua perna ferida o estorva...

— Minha perna! — o chefe de polícia soltou um grito, lançando para Ivan Ivánovitch um daqueles olhares que um gigante lança para um pigmeu ou um cientista pedante para um professor de dança. Diante disso, ele esticou a perna e bateu com ela no chão. No entanto, essa audácia lhe custou caro, porque todo o seu corpo balançou e o nariz bateu na balaustrada; mas o sábio guardião da ordem, para não dar na cara, recompôs-se imediatamente e enfiou a mão no bolso, como se fosse pegar a tabaqueira. — Vou lhe relatar, meu amigo mais querido e benfeitor, Ivan Ivánovitch, que na minha vida fiz campanhas bem melhores. É sério, fiz mesmo. Por exemplo, durante a campanha de 1807... Ah, eu vou lhe contar de que maneira eu passei pela cerca para encontrar uma bela alemãzinha. — Neste momento, o chefe de polícia apertou um olho e deu um sorriso malicioso, diabólico.

— Onde é que o senhor esteve hoje? — perguntou Ivan Ivánovitch, querendo interromper o chefe de polícia para saber a razão da visita; ele gostaria muito de perguntar qual era a intenção da declaração do chefe de polícia; mas a refinada percepção do mundo lhe mostrava como aquela questão era imprópria, e Ivan Ivánovitch teve que se manter firme e aguardar uma pista, enquanto seu coração palpitava com extraordinária força.

— Mas permita-me contar onde eu estive — respondeu o chefe de polícia. — Em primeiro lugar, eu devo relatar que hoje o tempo está excelente...

Por pouco Ivan Ivánovitch não morreu quando ouviu as últimas palavras.

— Mas permita-me — continuou o chefe de polícia. — Vim até a sua casa, hoje, para tratar de um assunto muito importante. — Então o rosto e a postura do chefe de polícia adquiriram a mesma disposição alarmada, com a qual ele se precipitou para o alpendre.

Ivan Ivánovitch se reanimou e estremeceu, como se estivesse com febre, e não tardou, como de costume, em perguntar:

— Mas qual é o assunto importante? É importante mesmo?

— Veja bem: antes de tudo atrevo-me a relatar, meu querido amigo e benfeitor, Ivan Ivánovitch, que o senhor... De minha parte, veja bem, eu não acho nada, mas os pontos de vista do governo, os pontos de vista do governo exigem isso: o senhor infringiu a ordem de segurança..!

— O que é que o senhor está dizendo, Piôtr Fiôdorovitch? Não estou entendendo nada.

— Por gentileza, Ivan Ivánovitch! Como assim o senhor não está entendendo nada? Seu próprio animal roubou um documento oficial muito importante, e depois disso o senhor ainda diz que não está entendendo nada!

— Que animal?

— Com o perdão da palavra, a sua porca parda.

— E que culpa tenho eu? Mas por que o guarda do tribunal abriu a porta?

— Mas, Ivan Ivánovitch, o animal é seu! Portanto, o senhor é culpado.

— Agradeço imensamente por me igualar a um porco.

— Mas o que é isso, eu não disse nada disso, Ivan Ivánovitch! Por Deus, não disse! Queira julgar por si mesmo em sã consciência: o senhor sem sombra de dúvida sabe que, em conformidade com os pontos de vista das autoridades, é proibido, na cidade, ainda por cima nas ruas principais, andar com animais imundos. O senhor deve admitir que trata-se de algo proibido.

— Só Deus sabe o que é que o senhor está dizendo! Grande coisa um porco sair na rua!

— Permita-me relatar, permita-me, Ivan Ivánovitch, permita-me, isso é completamente impossível. O que se pode fazer? Se as autoridades querem, nós devemos obedecer. Não discuto, às vezes correm na rua, e até mesmo na praça, galinhas e gansos, repare: galinhas e gansos; mas, ainda no ano passado, dei a ordem de não permitirem porcos e cabras em áreas públicas. Ordem esta que então demandei que lessem em voz alta, em uma assembleia, diante de todo o povo.

— Não, Piôtr Fiôdorovitch, eu não vejo nada aqui, senão que o senhor está tentando de todas as maneiras possíveis me ofender.

— Veja, o senhor não pode dizer uma coisa dessas, meu mais querido amigo e benfeitor, que eu tenha tentado ofendê-lo. Recorde por si só: eu não disse sequer uma palavra para o senhor no ano passado, quando o senhor construiu um telhado com um archin[10] acima das medidas estabelecidas. Pelo contrário, eu fiz de conta que não percebi de jeito nenhum. Acredite, meu amigo mais querido, agora mesmo eu faria exatamente o mesmo, por assim dizer... Mas meu dever, em suma, minha obrigação exige que eu zele pela

---

10 Antiga medida russa que equivale a 0,711 metros. N. da T.

limpeza. Julgue por si só, quando, de repente, em uma rua principal...

— Lá vem o senhor de novo com essas suas ruas principais! Qualquer mulher vai lá e joga fora coisas de que não precisam mais.

— Permita-me comunicar-lhe, Ivan Ivánovitch, que é o senhor que está me ofendendo! É verdade, isso acontece, às vezes, mas na maioria dos casos apenas debaixo de cercas, depósitos ou armazéns, mas uma porca prenha se enfiar na rua principal, na praça, já é outra coisa...

— O que é isso, Piôtr Fiôdorovitch! Veja bem, a porca é uma criatura de Deus!

— Concordo! Todo mundo sabe que o senhor é um homem culto, conhece as ciências, e diversas outras disciplinas. Claro, eu não estudei ciência alguma: só comecei a aprender a escrita cursiva quando tinha trinta anos. Afinal, eu, como o senhor sabe, sou da classe baixa.

— Hum! — disse Ivan Ivánovitch.

— Sim — continuou o chefe de polícia —, em 1801 eu estava no quadragésimo segundo regimento de caçadores, tenente da quarta companhia. O comandante de nossa companhia, se deseja saber, era o capitão Ieremiêiev. — Diante disso, o chefe de polícia passou os dedos na caixa de rapé, que Ivan Ivánovitch havia deixado aberta, e ficou remexendo o rapé.

Ivan Ivánovitch respondeu:

— Hum!

— Mas o meu dever — continuou o chefe de polícia — é obedecer as exigências do governo. O senhor sabe, Ivan Ivánovitch, que aquele que rouba um documento oficial do tribunal de justiça é submetido, assim como qualquer outro crime, no tribunal à corte penal?

— Tanto sei que, se quiser, ensinarei até para o senhor. Isso é o que se diz sobre as pessoas, por exemplo, se o senhor roubasse um documento; mas o porco é um animal, uma criatura de Deus!

— É isso mesmo, mas a lei diz: "o culpado de roubo...". Peço-lhe que ouça com atenção: culpado! Aqui não está designado nem espécie, nem sexo, nem posição, portanto, um animal pode ser culpado. Como o senhor preferir, mas, antes que se pronuncie a sentença da pena, o animal deve ser apresentado à polícia como um infrator da ordem.

— Não, Piôtr Fiôdorovitch! — objetou Ivan Ivánovitch, impassível. — Isso não vai acontecer!

— Como o senhor quiser, mas eu tenho que seguir as exigências das autoridades.

— O que é isso, o senhor está me ameaçando? Suponho que o senhor queira enviar o seu soldado maneta atrás dela? Pedirei que minha serva camponesa mostre o caminho da porta com um ancinho. Vão fraturar o braço que lhe resta.

— Eu não me atrevo a discutir com o senhor. Neste caso, se o senhor não quer apresentá-la na polícia, use-a como lhe for conveniente: mate-a quando desejar, para o

Natal, e vamos fazer presunto dela, ou então apenas comê-la. Só que eu gostaria de lhe pedir, se o senhor fizer salame, envie-me um par daqueles que Gápka faz com tanta habilidade na sua casa, do sangue e da gordura de porco. Minha Agráfiena Trofímovna gosta muito deles.

— Salame, se o senhor desejar, vou mandar um par deles.

— Agradeço-o imensamente, meu querido amigo e benfeitor. Agora, permita-me dizer mais uma palavra: fui encarregado pelo juiz, assim como por todos os nossos conhecidos, por assim dizer, de reconciliar o senhor e seu amigo, Ivan Nikíforovitch.

— Como assim! Aquele grosseiro? Reconciliar-me com esse insolente? Nunca! Isso não vai acontecer, não vai mesmo! — Ivan Ivánovitch foi extremamente categórico.

— Como o senhor quiser — respondeu o chefe de polícia, regalando ambas as narinas com rapé. — Eu não me atrevo a dar conselhos, porém, permita-me relatar: veja, os senhores estão brigados agora, mas quando fizerem as pazes...

Entretanto Ivan Ivánovitch começou a falar sobre caçar codornas, o que costumava acontecer quando ele queria acabar com a conversa.

Assim, o chefe de polícia foi obrigado a ir para casa, sem sucesso.

VI

*do qual o leitor pode descobrir facilmente
tudo o que está contido nele*

Por mais que tenham tentado esconder a questão no tribunal, no dia seguinte, toda Mírgorod ficou sabendo que o animal do Ivan Ivánovitch tinha roubado a petição de Ivan Nikíforovitch. O próprio chefe de polícia foi o primeiro que, esquecendo-se, deu com a língua nos dentes. Quando contaram para Ivan Nikíforovitch, ele não disse nada, perguntou apenas: "Foi a parda?".

Mas Agáfia Fiedossiêievna, que estava lá, de novo começou a incitar Ivan Nikíforovitch:

— O que há com você, Ivan Nikíforovitch? Vão rir da sua cara, como se fosse um tolo, se você deixar barato! Que tipo de nobre você vai ser depois disso tudo! Você vai ser pior do que a mulher que vende aquelas rosquinhas de que você gosta tanto!

E a incansável mulher acabou por persuadi-lo! Encontrou em algum lugar um pequeno homem de meia-idade, moreno, cheio de manchas no rosto, de redingote azul-escuro com remendos nos cotovelos, um verdadeiro escriba departamental! Engraxava suas botas com alcatrão, usava três penas atrás da cabeça e, atado a um botão, em um cordão, um frasco de vidro em vez de tinteiro; comia de uma só vez nove pasteis, enfiava o décimo no bolso, e em uma folha com selo oficial escrevia tantas denúncias que nenhum leitor podia ler de uma só vez, sem alternar com tosse e espirros. Esse pequeno homem cavoucou, transpirou, escreveu e, finalmente, inventou o seguinte papel:

"Para o tribunal regional de Mírgorod, do nobre Ivan, filho de Nikíforov, Dovgotchkhún.

Em conformidade com minha referida petição, que foi apresentada por mim, o nobre Ivan, filho de Nikíforov, Dovgotchkhún, contra o nobre Ivan, filho de Ivanov, Pererepiênko, ao qual o próprio tribunal regional de Mírgorod mostrou indiferença. E contra a mesma referida arbitrariedade impertinente da porca parda, mantida em segredo, e que chegou ao meu ouvido por estranhos. Assim como a referida negligência e indulgência, mal-intencionada, é estritamente de competência do tribunal; visto que a referida porca é um animal estúpido e incapaz de roubo de documentos. Disso evidentemente se deduz que a tão mencionada porca não foi senão incitada pelo próprio inimigo, Ivan, filho de Ivanov, Pererepiênko, que se denomina nobre, já condenado por roubo, atentado à vida e sacrilégio. Mas o referido tribunal de Mírgorod, com sua parcialidade característica, concedeu o seu consentimento particular para esse indivíduo; sem o qual a referida porca não poderia de jeito nenhum assumir o roubo dos documentos: visto que o tribunal regional de Mírgorod é dotado de servos, seria suficiente chamar um soldado, que permanece o tempo todo a postos na ante-sala e que, embora tenha um olho vesgo e um braço um tanto quanto ferido, possui habilidades bastante proporcionais para expulsar a porca e bater nela com um bastão. Disso certamente fica evidente a conivência do referido tribunal de Mírgorod e a irrefutável participação no lucro do judeu provenientes dessa conspiração mútua. O referido e acima mencionado ladrão e nobre, Ivan, filho de Ivanov, Pererepiênko, acabou por se difamar em seu turno. É por isso que eu, nobre Ivan, filho de Nikíforov, Dovgotchkhún, declaro para o referido tribunal regional, em sã consciência que, se para referida porca parda ou o referido nobre Pererepiênko, aquiesceu, a petição representada não for conduzida à corte e não houver julgamento em conformidade com a justiça e em meu favor, então eu, o nobre Ivan, filho de Nikíforov, Dovgotchkhún, vou apresentar uma queixa junto a instâncias superiores contra a conivência ilegal do referido tribunal. — Nobre da região de Mírgorod Ivan, filho de Nikíforov, Dovgotchkhún."

Essa petição produziu seu efeito: o juiz era um homem que, como costuma acontecer com todas as pessoas boas, enfiava o rabo entre as pernas. Ele falou com o secretário. Mas o secretário soltou pelos lábios um sonoro "hum" e exibiu em seu rosto aquela expressão indiferente e diabolicamente ambígua, que só Satanás adquire, quando vê a seus pés a vítima que recorre a ele. Restou apenas um recurso: reconciliar os dois amigos. Mas como fazer isso, quando todas as tentativas até então fracassaram? Ainda assim, estava decidido a tentar;

mas Ivan Ivánovitch havia sido direto em declarar que não queria, e se enfureceu. Em vez de dar uma resposta, Ivan Nikíforovitch virou as costas e não disse palavra. Então, deu-se início ao processo com extraordinária rapidez, pela qual a jurisdição costuma ser célebre. Dataram o documento, registraram, numeraram, costuraram, assinaram, tudo em apenas um dia, e acomodaram o caso no armário, local em que foi ficando, ficando, ficando; um ano, outro, e mais outro. Uma multitude de noivas teve tempo de se casar; abriram uma nova rua em Mírgorod; caíram um molar e dois dentes laterais do juiz; mais crianças corriam pelo pátio de Ivan Ivánovitch agora do que antes: só Deus sabe de onde ele as tirava! Ivan Nikíforovitch, em reprimenda a Ivan Ivánovitch, construiu um novo galpão para galinhas, embora um pouco mais distante do que o anterior, e o fez completamente separado de Ivan Ivánovitch, de sorte que essas pessoas dignas quase nunca olham na cara um do outro; e o caso continuou guardado, no armário, na mais perfeita ordem, que até se tornara um mármore, de tantas manchas de tinta. Enquanto isso, ocorreu um evento extremamente importante para toda Mírgorod.

O chefe de polícia organizou uma recepção! Onde eu vou conseguir pincéis e tintas para representar a variedade da reunião e o esplendor da festividade? Pegue um relógio, abra-o e observe o que acontece ali! É uma verdadeira loucura, não é mesmo? Imagine-se então, agora, que havia quase tantas rodas, se não mais, em meio ao pátio do chefe de polícia. E quantas caleches e charretes diferentes! Uma com a parte de trás ampla e a da frente estreita; a outra com a parte de trás estreita e a da frente ampla. Uma delas era caleche e carruagem ao mesmo tempo; a outra nem caleche, nem carruagem; outra parecia um enorme monte de feno ou a mulher gorda de um mercador; a outra um judeu esfarrapado ou um esqueleto, ainda não totalmente liberto da pele; outra era um cachimbo perfeito, com piteira, de perfil; a outra não era parecida com nada desse mundo, incorporando uma criatura estranha, completamente disforme e extremamente fantástica. Em meio ao caos de rodas e cabras destacou-se uma espécie de carruagem com uma janela que parecia de quarto, cruzada por um caixilho largo. Os cocheiros, de casacos cossacos, camponeses e de pele cinza, chapéus de lã de ovelha e casquetes de diferentes tamanhos, com cachimbos nas mãos, conduziam cavalos desatrelados pelo pátio. Que recepção organizou o chefe de polícia! Permita-me enumerar todos os que estavam lá: Taras Tarássovitch, Evpl Akínfovitch, Evtíkhi Evtíkhievitch, Ivan Ivánovitch; não aquele Ivan Ivánovitch, mas outro; Sávva Gavrílovitch, nosso Ivan Ivánovitch, Elievfiêri Elievfiêrievitch, Makar Nazárievitch, Fomá Grigôrievitch... Não posso continuar! É demais para mim! A mão está cansada de escrever! E quantas damas! morenas e clarinhas, altas e baixas, corpulentas, como Ivan Nikíforovitch, e tão magras que parecia possível esconder cada uma na bainha da espada do chefe de polícia. Quantos chapéus! Quantos vestidos! Vermelhos, amarelos, cor de café, verdes, azul-escuros, novos, reformados, remodelados, lenços, fitas, bolsas! Adeus, pobres olhos! Vocês não servirão para nada depois desse espetáculo. E que mesa longa arrumaram! E como todos conversavam, quanto barulho faziam! Onde está, contra isso, o moinho, com todas as suas mós, rodas, engrenagens, pilões! Provavelmente não posso dizer sobre o que estavam falando, mas devia versar sobre muitas coisas agradáveis e úteis, a saber: o clima, os cães, o trigo, toucas femininas, garanhões. Finalmente, Ivan Ivánovitch; não aquele Ivan Ivánovitch, mas outro, vesgo; disse:

— É muito estranho que meu olho direito (o Ivan Ivánovitch vesgo sempre falava de si mesmo ironicamente) não esteja vendo Ivan Nikíforovitch, senhor Dovgotchkhún.

— Ele não quis vir! — disse o chefe de polícia.

— Como assim?

— Veja, graças a Deus, há dois anos Ivan Ivánovitch e Ivan Nikíforovitch brigaram; e onde um está o outro não vai em hipótese alguma!

— O que o senhor está dizendo! — depois disso, o Ivan Ivánovitch vesgo ergueu os olhos e apertou as mãos. — E o que mais, agora, se as pessoas com bons olhos não vivem em paz, como viverei em harmonia com um olho só!

Todos deram gargalhadas sonoras quando ouviram

essas palavras. Todos gostavam muito do Ivan Ivánovitch vesgo porque ele fazia piadas das situações. Um homem alto e magricela, com uma sobrecasaca de flanela e curativo no nariz, que até então estava sentado no seu canto e não havia movido seu rosto, nem mesmo quando uma mosca pousou em seu nariz, esse senhor se levantou de seu lugar e se aproximou da multidão, reunida ao redor do Ivan Ivánovitch vesgo.

— Ouçam! — disse Ivan, quando percebeu que estava cercado por um público considerável. — Ouçam! Em vez de não conseguirem desgrudar o olho de meu olho vesgo, vamos reconciliar nossos dois amigos! Agora, Ivan Ivánovitch está conversando com as mulheres e meninas; vamos atrás de Ivan Nikíforovitch, discretamente, para reaproximá-los.

Todos aceitaram a proposta de Ivan Ivánovitch por unanimidade e decidiram mandar chamar Ivan Nikíforovitch em sua casa, imediatamente: pedir-lhe a qualquer preço que fosse ao almoço na casa do chefe de polícia. Mas a questão mais importante — para quem confiar essa importante missão? — deixou todos desconcertados. Discutiram por muito tempo sobre quem era mais apto e hábil na questão diplomática: finalmente decidiram, por unanimidade, confiarem tudo isso a Anton Prokófievitch Golopúz.[11]

---

11 Do russo голопузый (golopúzi), "barriga de fora", com o sentido de pobre/humilde, ou "vagabundo". (N. da T.)

Mas antes é necessário familiarizar um pouco o leitor sobre essa notável pessoa. Anton Prokófievitch é completamente virtuoso no sentido real da palavra: se alguma das pessoas respeitáveis de Mírgorod lhe dá um lenço de pescoço ou roupa branca, ele agradece; se alguém lhe dá uma palmada de leve em seu nariz, então ele também agradece. Se lhe perguntam: "Por que é que o seu casaco, Anton Prokófievitch, é marrom-claro e as mangas são azul-celeste?" ele costumava responder: "O senhor não tem um desses! Espere, vai gastar e vai ficar tudo igual!". E, de fato: o tecido azul-celeste, por causa da ação do sol, havia começado a se tornar marrom e agora combinava perfeitamente com a cor do casaco! Mas, veja que estranho: Anton Prokófievitch tem o hábito de usar lã no verão e nanquim no inverno. Anton Prokófievitch não possui casa própria. Ele tinha antes, em um extremo da cidade, mas ele vendeu e com o dinheiro recebido comprou três cavalos baios e uma pequena caleche, na qual andava por aí para visitar proprietários. Mas, como os cavalos davam muito trabalho e, além disso, precisava de dinheiro para a aveia, Anton Prokófievitch os trocou por um violino e uma serva, recebendo uma nota de vinte e cinco rublos adicional. Depois, Anton Prokófievitch vendeu o violino e trocou a serva por uma bolsa de rapé marroquina cravejada de ouro. E agora ele tem uma bolsa dessas, que ninguém mais tem. Por causa desse deleite, ele já não pode mais dirigir pelos vilarejos, e precisa ficar na cidade e pernoitar em diferentes casas, em especial com aqueles nobres que sentem prazer em dar palmadas em seu nariz. Anton Prokófievitch gosta de comer bem, e joga muito bem "durák" e "miêlnik".[12] Obedecer sempre foi seu lema, e, por isso, pegando o chapéu e a bengala, ele se pôs a caminho imediatamente. Mas, enquanto estava indo, começou a refletir sobre como iria induzir Ivan Nikíforovitch a ir ao baile. O temperamento um tanto quanto arisco deste, e o fato de, além disso, ser um homem digno, fazia de sua empreitada algo quase impossível. Mas como, de fato, convencê-lo a ir, quando até para se levantar da cama já lhe custa muito? No entanto, suponhamos que ele se levante, como é que ele vai para onde está — o que, sem dúvida, ele sabe — seu inimigo mortal? Quanto mais Anton Prokófievitch ponderava, mais encontrava obstáculos. O dia estava abafado; o sol fustigava; estava banhado de suor. Apesar de darem palmadas em seu nariz, Anton Prokófievitch era uma pessoa bastante astuta em muitos casos — apenas quando se tratava de trocar algo que não era lá muito feliz —, ele sabia muito bem quando era necessário se fazer de bobo, e às vezes conseguia se encontrar em tais circunstâncias e ocasiões em que raramente uma pessoa inteligente é capaz de estar em condições de encontrar uma saída.

Enquanto a sua mente inventiva ponderava sobre um meio de como persuadir Ivan Nikíforovitch, e ele

---

12 Jogos de carta, muito comuns na Rússia. (N. da T.)

enfrentava tudo isso corajoso, uma circunstância inesperada o deixou um pouco perturbado. Diante disso, não seria nada mal informar o leitor que Anton Prokófievitch tinha, entre outras coisas, um par de calças de propriedades tão estranhas que, quando ele o vestia, os cães sempre mordiam suas panturrilhas. Para piorar as coisas, naquele dia, ele estava usando justamente essas calças. E, por isso, assim que ele se perdeu em reflexões, um terrível latido, que vinha de todos os lados, assombrou seu ouvido. Anton Prokófievitch soltou um grito daqueles — ninguém podia gritar mais alto do que ele —, o que fez não apenas a conhecida mulher e o habitante do casaco incomensurável correrem para encontrá-lo, mas até mesmo os meninos do pátio de Ivan Ivánovitch caíram em cima dele, e, embora os cães conseguissem morder apenas uma perna, isso diminuiu muito o seu vigor e ele se aproximou do alpendre, com uma espécie de timidez.

VII
e último

— Ah! Olá! Por que é que o senhor fica atiçando os cães? — disse Ivan Nikíforovitch, quando avistou Anton Prokófievitch, porque com Anton Prokófievitch ninguém falava de outra maneira, senão zombando.

— Que todos morram! Quem está provocando? — respondeu Anton Prokófievitch.

— O senhor está mentindo.

— Por Deus, não! Piôtr Fiôdorovitch convidou-lhe para o almoço.

— Hum!

— Por Deus! Convidou com tanta convicção que não é possível expressar com palavras. "O que é isso", diz ele, "Ivan Nikíforovitch está me evitando como se eu fosse um inimigo. Nunca vem aqui para conversar ou passar um tempo."

Ivan Nikíforovitch afagou o queixo.

— "Se", diz ele, "Ivan Nikíforovitch não vier nem agora, então não sei o que pensar: na certa, ele tem algum desígnio para mim? Faça uma gentileza, Anton Prokófievitch, convença Ivan Nikíforovitch"! O que há, Ivan Nikíforovitch? Vamos! Agora mesmo estão reunidas lá pessoas distintas!

Ivan Nikíforovitch começou a observar um galo, que, de pé no alpendre, berrou, com toda a sua força.

— Se o senhor soubesse, Ivan Nikíforovitch — continuou o diligente deputado —, que esturjão, que caviar fresco enviaram a Piôtr Fiôdorovitch!

Diante disso, Ivan Nikíforovitch virou a cabeça e começou a ouvir com atenção. Isso encorajou o mensageiro.

— Vamos logo, Fomá Grigôrievitch também está lá! O que há com o senhor? — acrescentou ele, vendo que Ivan Nikíforovitch continuava deitado, sempre na mesma posição. — E então? Vamos ou não vamos?

— Eu não quero.

Esse "eu não quero" surpreendeu Anton Prokôfievitch. Ele já achava que o desempenho persuasivo havia convencido aquele homem digno, mas, em vez disso, ouviu um categórico "eu não quero".

— Mas por que o senhor não quer? — perguntou ele, quase irritado, o que para ele era extremamente raro, até mesmo quando colocavam um pedaço de papel em chamas na sua cabeça, com o que gostavam de se divertir em especial o juiz e o chefe de polícia.

Ivan Nikíforovitch cheirou um pouco de rapé.

— Como o senhor desejar, Ivan Nikíforovitch. Eu não sei o que o detém.

— Para que eu iria? — disse Ivan Nikíforovitch, finalmente — tem um ladrão lá! — Era assim que ele costumava se referir a Ivan Ivánovitch. Santo Deus! Fazia tanto tempo...

— Meu Deus, ele não vai estar lá! Assim como

Deus existe, ele não vai estar lá! Que um raio caia em minha cabeça nesse exato lugar! — respondeu Anton Prokófievitch, que jurou mil vezes. — Vamos, vai, Ivan Nikíforovitch!

— O senhor está mentindo, Anton Prokófievitch, não é mesmo? Ele está lá?

— Por Deus, por Deus, não! Que eu nunca mais saia desse lugar, se ele estiver lá! Julgue por si mesmo, por que diabos eu mentiria? Que meus braços e pernas caiam!.. O quê, nem assim o senhor acredita? Que eu pereça imediatamente, na sua frente! Que nem meu pai, nem minha mãe, nem eu vejamos o reino dos céus! Ainda não acredita?

Ivan Nikíforovitch se acalmou completamente com essas garantias e ordenou que seu camareiro, o da sobrecasaca infinita, trouxesse as calças largas e o casaco de nanquim.

Suponho que descrever como Ivan Nikíforovitch vestiu as calças largas enquanto colocavam a gravata e, finalmente, vestiram o casaco, que estava rasgado debaixo da manga esquerda, seria completamente desnecessário. Basta dizer que todo esse tempo ele manteve uma tranquilidade decorosa e não disse palavra sobre as propostas de Anton Prokófievitch — trocar algo por sua bolsa de rapé turca.

Enquanto isso, a reunião estava aguardando ansiosamente o momento decisivo, quando Ivan Nikíforovitch surgisse e finalmente cumprisse o desejo geral de que aquelas pessoas dignas se reconciliassem; muitos tinham quase certeza de que Ivan Nikíforovitch não iria. O chefe de polícia até apostou com o Ivan Ivánovitch vesgo que ele não iria, mas desistiu apenas porque esse Ivan Ivánovitch exigiu que o chefe de polícia incluísse na aposta a perna ferida, e ele o olho vesgo, com o que o chefe de polícia ficou muito ofendido, e as pessoas riram em silêncio. Ninguém tinha sentado à mesa ainda, apesar de já ter passado das duas horas havia muito tempo, hora em que, em Mírgorod, mesmo nas ocasiões solenes, já estariam almoçando há muito tempo.

Mal Anton Prokófievitch surgiu na porta e no mesmo instante foi cercado por todos. Para todas as perguntas, Anton Prokófievitch gritou as mesmas palavras categóricas: "Ele não vem". Assim que ele pronunciou isso, houve uma tempestade de repreensões, inventivas, e, talvez, até palmadas, prontas para despencar sobre a sua cabeça por causa do fracasso da missão, quando, de repente, a porta se abriu, e Ivan Nikíforovitch entrou.

Se o próprio Satanás aparecesse, ou um cadáver, não teria causado o mesmo assombro para toda a sociedade que a chegada inesperada de Ivan Nikíforovitch provocou. E Anton Prokófievitch apenas morreu de rir, de felicidade, porque tinha tirado sarro de todas as pessoas.

Seja como for, era quase inacreditável para todos que Ivan Nikíforovitch, em tão pouco tempo, conseguiria se vestir como convém a um nobre. Naquele momento Ivan Ivánovitch não estava; por uma razão qualquer ele se havia retirado. Depois de recobrarem a consciência do espanto, todo o público indagou sobre a saúde de Ivan Nikíforovitch e expressou o prazer de ver que ele havia aumentado a corpulência. Ivan Nikíforovitch beijava todo mundo e dizia: "Muito obrigado".

Enquanto isso, o cheiro de borscht percorreu a sala e fez cócegas agradáveis nas narinas dos convidados, que estavam com fome de leão. Todos se apinharam na sala de jantar. Uma fileira de damas, tagarelas e taciturnas, magras e corpulentas, estendia-se pela frente, e uma longa mesa cintilava todas as cores. Recuso-me a descrever as comidas, e que comidas, que estavam em cima da mesa! Não vou mencionar nada nem sobre os bolinhos de coalhada com creme azedo, nem sobre os miúdos que serviram com a borscht, ou sobre o peru com ameixas e passas, ou sobre o prato que se parecia muito a botas, encharcadas de kvas, nem sobre o molho, que é a canção do cisne de um cozinheiro antiquado, ou sobre o molho flambado de vinho que distraía e, ao mesmo tempo, assustava as damas. Recuso-me a falar sobre essas comidas, porque eu gosto muito mais de comê-las do que me referir a elas em uma conversa.

Ivan Ivánovitch gostava muito de peixe cozido com rábano silvestre. Ele estava especialmente empenhado nesse útil e nutritivo exercício. Escolhia as espinhas mais delicadas, colocava-as no prato, e, como que acidentalmente, olhou para a direção oposta: pai do céu, como foi estranho! Ivan Nikíforovitch estava sentado à sua frente! No mesmo instante, Ivan Nikíforovitch também olhou!.. Não!.. Não posso!.. Dê-me outra pena! A minha secou, morta, com uma fenda fina demais para esse quadro! O rosto de cada um, com o assombro refletido, ficou como que petrificado. Cada um viu um rosto há muito familiar, do qual, ao que tudo indicava, estava involuntariamente pronto para se aproximar, como de um amigo inesperado, e oferecer caixa de rapé em forma de chifre, com as palavras: "Faça o favor", ou: "Poderia fazer o obséquio"; mas, ao mesmo tempo, o mesmo rosto era assustador, como presságio! Os suores de Ivan Ivánovitch e Ivan Nikíforovitch escorriam em bicas.

Os presentes, todos — e olha que havia muitos! — à mesa, perderam a fala prestando atenção e não desgrudavam os olhos dos que outrora haviam sido amigos. As senhoras, que até aquele momento estavam ocupadas com uma conversa bastante interessante sobre como preparar capões, de repente interromperam-na. Silêncio absoluto! Era uma imagem digna do pincel de um grande artista!

Finalmente, Ivan Ivánovitch tirou um lenço e começou a assoar o nariz; já Ivan Nikíforovitch olhou ao redor e deteve os olhos na porta, aberta. O chefe de polícia percebeu o movimento imediatamente e ordenou que fechassem a porta com força. Então, cada um deles começou a comer e sequer uma única vez se olharam de novo.

Assim que o almoço acabou, os dois antigos amigos levantaram de seus lugares e começaram a procurar os chapéus, para ver se conseguiam escapar. Então, o chefe de polícia piscou, e Ivan Ivánovitch — não esse Ivan Ivánovitch, mas o outro, vesgo — ficou bem atrás de Ivan Nikíforovitch, o chefe de polícia foi para trás de Ivan Ivánovitch, e os dois começaram a empurrá-los de volta, de modo que se aproximassem e não os soltavam até que apertassem as mãos. Ivan Ivánovitch, o vesgo, empurrou Ivan Nikíforovitch, embora um tanto quanto obliquamente, no entanto, ainda com bastante êxito, para o mesmo lugar em que estava Ivan Ivánovitch; mas o chefe de polícia mudou a direção, indo para um lado só, porque ele não conseguia de jeito nenhum dominar sua perna voluntariosa, que daquela vez não dava ouvidos a nenhuma ordem e, para o cúmulo do azar, lançava-se extremamente longe e na direção completamente oposta (o que talvez tenha acontecido porque havia muitíssimos licores diferentes à mesa), de modo que Ivan Ivánovitch caiu sobre uma senhora de vestido vermelho que, por curiosidade, enfiou-se bem no meio deles. O presságio não anunciava nada de bom. No entanto, o juiz, para consertar as coisas, tomou o lugar do chefe de polícia, e, puxando, com o nariz, todo o rapé do lábio superior, empurrou Ivan Ivánovitch para o outro lado. Em Mírgorod esse é um método muito comum de reconciliação. É um pouco semelhante a jogar bola. Assim que o juiz empurrou Ivan Ivánovitch, o Ivan Ivánovitch vesgo reuniu todas as suas forças e empurrou Ivan Nikíforovitch, do qual o suor escorria como água da chuva do telhado. Apesar de os dois amigos estarem muito obstinados, acabaram encontrando-se, porque ambas as partes interessadas receberam um reforço significativo da parte de outros convidados.

Então os cercaram de todos os lados, bem de perto, e não desistiriam até que eles decidissem apertar as mãos.

— Deus esteja com os senhores, Ivan Ivánovitch e Ivan Nikíforovitch! Digam-me, de acordo com a sua consciência, qual foi o motivo da sua briga? Será que não foi por bobagem? Por acaso os senhores não têm vergonha perante as pessoas e perante a Deus?

— Eu não sei — disse Ivan Nikíforovitch, ofegante, cansado (era evidente que ele não se opunha à reconciliação). — Eu não sei o que foi que eu fiz para Ivan Ivánovitch; por que foi que ele destruiu meu galpão e tencionava acabar com a minha vida?

— Não sou culpado de nenhuma má intenção — disse Ivan Ivánovitch, sem dirigir os olhos para Ivan Nikíforovitch. — E eu juro perante a Deus, perante os senhores, da venerável nobreza, que eu não fiz nada para o meu inimigo. Por que ele me difama e causa dano a minha posição e título?

— Que mal, Ivan Ivánovitch, eu lhe causei? — disse Ivan Nikíforovitch.

Mais um momento de explicação e a inimizade

de longa data estava pronta para se extinguir. Ivan Nikíforovitch já tinha enfiado a mão no bolso para pegar a caixa em forma de chifre e dizer: "Faça o favor".

— Por acaso não seria um dano — respondeu Ivan Ivánovitch, sem erguer o olho —, quando o senhor, benevolente senhor, ofendeu a minha posição e meu sobrenome com uma palavra que é impróprio dizer aqui?

— Permita-me dizer-lhe de maneira amigável, Ivan Ivánovitch! — Diante disso Ivan Nikíforovitch tocou os botões de Ivan Ivánovitch com o dedo, o que indicava completamente a sua posição. — O senhor se ofendeu sabe lá o diabo por quê: porque eu o chamei de galinha...

De repente Ivan Nikíforovitch se deu conta de que havia cometido uma imprudência, proferindo essa palavra; mas já era tarde demais: a palavra já tinha sido proferida. Tudo foi para o inferno!

Quando essa palavra havia sido proferida sem testemunhas, Ivan Ivánovitch ficou fora de si e teve um verdadeiro acesso de raiva, o qual Deus não permita que ninguém presencie — e agora, o que esperar, caros leitores, agora, quando essa palavra devastadora foi proferida em uma reunião na qual havia uma multitude de damas, perante as quais Ivan Ivánovitch gostava de ser especialmente decente? Se Ivan Nikíforovitch não houvesse procedido dessa maneira, se houvesse dito pássaro, e não galinha, ainda seria possível reparar. Mas foi tudo para os diabos!

Ele lançou um olhar para Ivan Nikíforovitch — e que olhar! Se fosse concedido um poder de realizar algo para esse olhar, então ele reduziria Ivan Nikíforovitch a pó. Os convidados entenderam esse olhar e eles mesmos se apressaram para separá-los. E esse homem, um modelo de mansidão, que não deixava passar nenhuma pobre, sem indagá-la, saiu correndo, em uma fúria terrível. Tempestades fortes assim provocam paixões!

Por um mês não se ouviu nada sobre Ivan Ivánovitch.

Ele se trancou em sua casa. O baú secreto foi aberto e dele foram retirados — o que será? Moedas de prata de rublo! As velhas moedas do avô! E essas moedas se transferiram para as mãos sujas de tinta dos especuladores. O caso foi transferido para instâncias superiores. E quando Ivan Ivánovitch recebeu a feliz notícia de que o caso seria resolvido no dia seguinte, só então olhou para o sol e decidiu sair da casa. Que pena! Desde então, as instâncias superiores notificavam diariamente, ao longo de dez anos, que o caso se concluiria no dia seguinte!

* * *

Cinco anos atrás, eu estava passando pela cidade de Mírgorod. Fui em uma época ruim. Então, lá estava o outono com seu clima triste-úmido, sujeira e névoa.

Algum verde não natural — consequência de tediosas chuvas, ininterruptas — cobria com uma rede líquida os terrenos e campos, aos quais se aderia de tal forma como a travessura de um velho ou uma velha receber flores. Então, o tempo produzia um forte impacto sobre mim: eu ficava entediado quando ele estava entediado. Mas, apesar disso, quando eu me aproximava de Mírgorod, sentia meu coração palpitar. Deus, quantas lembranças! Fazia doze anos que eu não via Mírgorod. Então viveram ali duas pessoas, com uma amizade comovente, dois amigos únicos. Quantas pessoas notáveis morreram! O juiz Demian Demiánovitch já era então falecido; Ivan Ivánovitch, o vesgo, também já tinha batido as botas havia muito tempo. Entrei na rua principal; por todos os lados, havia varas com fardos de palha atados na parte superior: criava-se um novo traçado! Várias isbás haviam sido derrubadas. As cercas e cercados de vime que restaram assomavam, melancólicos.

Era então um dia festivo; ordenei que meu veículo de entrecasca parasse em frente à igreja, e entrei tão silenciosamente que ninguém se virou para mim. A verdade é que não havia vivalma. A igreja estava deserta. Havia pouquíssima gente. Era evidente que até os mais devotos temiam a sujeira das ruas. As velas, em um dia sombrio, ou melhor, mórbido, em certa medida eram estranhamente desagradáveis; os vestíbulos escuros estavam tristes; as janelas oblongas com vidros redondos vertiam lágrimas de chuva. Fui para o pórtico e me virei para um respeitável velho de cabelo grisalho:

— Permita-me perguntar, por favor, Ivan Nikíforovitch ainda está vivo?

Neste momento, a lamparina brilhou com mais força diante do ícone e a luz incidiu diretamente no rosto do meu vizinho. Como fiquei surpreso quando, prestando atenção, vi feições familiares! Era o próprio Ivan Nikíforovitch! Mas como tinha mudado!

— Como vai a sua saúde, Ivan Nikíforovitch? Como o senhor envelheceu!

— É, envelheci. Cheguei hoje de Poltava — respondeu Ivan Nikíforovitch.

— O que o senhor está dizendo! o senhor foi para Poltava com um tempinho desses?

— Fazer o quê! O processo...

Diante disso, soltei um suspiro involuntário. Ivan Nikíforovitch notou o suspiro e disse:

— Não se preocupe, tenho informação confiável de que o caso será resolvido na próxima semana, e em meu favor.

Encolhi os ombros e fui ver se descobria algo sobre Ivan Ivánovitch.

— Ivan Ivánovitch está aqui — disse-me alguém —, ele está no coro.

Vi então um vulto magro. É o senhor, Ivan Ivánovitch? O rosto estava coberto de rugas, o cabelo completamente branco; mas o sobretudo ainda era o mesmo. Depois das primeiras saudações, Ivan Ivánovitch, virando-se para mim com um sorriso alegre, que como sempre caía bem no seu rosto afunilado, disse:

— Posso anunciar as boas novas?

— Que boas novas? — perguntei.

— Sem falta, amanhã será resolvido o meu caso. As instâncias superiores deram certeza.

Suspirei mais profundamente, apressei-me em dizer adeus, porque tinha vindo devido a um assunto muito importante, e me sentei no veículo. Os cavalos magros, conhecidos em Mírgorod como mensageiros, puxaram, produzindo, com seus cascos, que estavam submersos em uma massa cinzenta de lama, um som desagradável ao ouvido. A chuva se derramava torrencialmente em um judeu que estava sentado em uma boleia e se cobria com uma estopa. Eu estava completamente impregnado pela umidade. Um triste posto com uma guarita, em que um veterano remendava seu uniforme cinza, cintilou lentamente em frente. De novo, o mesmo campo, sulcado, aqui negro, verdejando ali, gralhas e corvos molhados, a mesma chuva monótona, o céu lacrimejante sem um vislumbre de luz. — Quanto tédio há neste mundo, meus senhores!

TÍTULOS DA COLEÇÃO
A ARTE DA NOVELA

BARTLEBY, O ESCREVENTE | HERMAN MELVILLE
A LIÇÃO DO MESTRE | HENRY JAMES
FREYA DAS SETE ILHAS | JOSEPH CONRAD
A BRIGA DOS DOIS IVANS | NIKOLAI GÓGOL
MICHAEL KOHLHAAS | HEINRICH VON KLEIST
STEMPENYU, UM ROMANCE JUDAICO | SHOLEM ALEICHEM
OS MORTOS | JAMES JOYCE
O COLÓQUIO DOS CACHORROS | MIGUEL DE CERVANTES
O VÉU ERGUIDO | GEORGE ELIOT
A MENINA DOS OLHOS DE OURO | HONORÉ DE BALZAC
UM CORAÇÃO SIMPLES | GUSTAVE FLAUBERT
MATHILDA | MARY SHELLEY
O HOMEM QUE QUERIA SER REI | RUDYARD KIPLING
UBIRAJARA | JOSÉ DE ALENCAR
A PEDRA DE TOQUE | EDITH WHARTON
O HOMEM QUE CORROMPEU HADLEYBURG | MARK TWAIN
ALVES E CIA. | EÇA DE QUEIROZ
O CÃO DOS BASKERVILLE | ARTHUR CONAN DOYLE

A ARTE DA NOVELA

Impressão e acabamento Bartira
Primeira edição maio de 2014
Primeira reimpressão abril de 2016